五代目 三遊亭圓楽
特選飛切まくら集

五代目 三遊亭圓楽［著］

竹書房文庫

目次

博識の人　～「まえがき」にかえて～

六代目 三遊亭円楽

落語の世界に身をおいて三十八年が経った夏、ウチの師匠（五代目三遊亭圓楽）が「圓楽」の名跡を、わたしに生前贈与したいと云い出した。突然のことで、当時は三遊亭楽太郎と名乗っていたわたしは、「どうするんですか？」と師匠に問いかけた。

「いいよ、俺は吉河寛海《よしかわひろうみ》（本名）に戻るから」

「そりゃダメですよ。師匠は五代目圓楽で、僕（楽太郎）は六代目円楽って名乗ればいいじゃないですか？」

「……圓楽が二人いたら、おかしいだろう？」

「じゃあ、世間も納得するように、『馬圓楽』と『黒円楽』にしますか？」

「バカやろう……」

アドリブが苦手だった師匠は、そう云いながら目を細めている。喜んでいる証拠だった。その後、わたしが円楽を襲名する覚悟を決めたとき、ある一つの名前を師匠に提案した。歌舞伎の猿之助襲名のエピソードにならって、

「師匠は、圓翁《えんおう》になりましょう。で、あたしが円楽になればいい。で、屋号はね、三遊亭をやめて、澤瀉屋《おもだかや》ならぬ面長家《おもながや》にしましょう」

「おまえは、くだらねえ。そんなことばっか考えてんだな。稽古しろ！」

なんて云ってた師匠の姿が、このまくら集を読むと、より鮮明に思い出されます。

ウチの師匠とのお付き合いは、学生時分の鞄持ちからはじまっています。未だ大学生のわたしから見た五代目三遊亭圓楽と云う落語家は、超売れっ子のスターでした。雲の上の存在にくっついて歩いていて、本当に見たことがない世界を体験させてもらいました。大きなホールの楽屋、テレビ局、ドラマ、映画、とにかくにも、忙しい人で、それこそ、友達のプロダクションを助けるために、キャバレーまわりまでしてた。ところが、簡単に云うとね、ずっとついて歩いていて気がついたんですけど、ウチの師匠はアドリブが利かないんですよ。不器用なんです。

不器用なことは、古典落語を自分のものにする過程も乱暴になりがちでした。初演では、破綻している噺が幾らもありました。それが、高座にかけはじめて一年も経つと、見事なものになっていく、……稽古と努力の人なんですね。

まくらの作り方も、不断の努力の賜物でした。ウチの師匠は、地方都市の公演でも、少しでも時間があると映画を映画館で観る。移動中は、必ず時の話題になった本を読む。映画鑑賞の本数と読書量は、凄いものでした。そして、その映画や本で表現されていたことを、前座でも誰でもいいから話しかける。これが、まくらの稽古なんですね。自分の頭の中に記憶すると同時に、まくらの構成をまとめているんです。

このまくら集の中にもね、高座にかける前に師匠から聴かせてもらった噺がたくさん入っています。ここには載ってないけれど、晩年は大リーグが好きでね。

「あれは観たかい？　これは観たかい？　それじゃダメだよ」

とかね。自分の得意なことに対してや、好きなものに対する造詣の深さは、他の追随を許さないですね。

不器用だったから、「謎かけ」が嫌いでしたね。出来ないんです。

「すぐ噺家は、『謎かけやれ』って云われるけど、くだらねぇ」

で、嫌いな噺は全否定ですからね。

「あたしは狸とかね、幇間の噺は、嫌《きれ》えだ」

「どうしてですか？」

「内容が、ねぇや」

そんなこと云ったら、落語は内容がないものばっかりですよ。テーマがなきゃダメだって云ってた。だから、まくらでもテーマを持って、段々段々その話題から、本文へつなげていくのが本来のまくらですよね？　ところがウチの師匠はね、云いたいことを云っておいて、

「それはさておき」

って、云うんですよ。（何だったの？　今の）って思いますよ。

「それはさておき、『昔は』って、申しますと……」

って、平気でそっから入るんですよ。そういうウチの師匠のまくらの可笑しさと、話題の多さを本書でお楽しみいただけましたらと思います。

編集部よりのおことわり

◆本書は「まくら」を書籍にするにあたり、文章としての読みやすさを考慮して、全編にわたり新たに加筆修正いたしました。

◆本書に登場する実在の人物名・団体名については、一部を編集部の責任において修正しております。予めご了承ください。

◆本書の中で使用される言葉の中には、今日の人権擁護の見地に照らして不当・不適切と思われる語句や表現が用いられている箇所がございますが、差別を助長する意図を持って使用された表現ではないこと、また、古典落語の演者である五代目三遊亭圓楽の世界観及び伝統芸能のオリジナル性を活写する上で、これらの言葉の使用は認めざるをえなかったことを鑑みて、一部を編集部の責任において改めるにとどめております。

陰と陽

一九七五年十一月二十七日　イイノホール
にっかん飛切落語会　第九夜『狂歌家主』のまくら

毎度お運びでありがたくお礼申し上げます。

生憎ストライキの最中、そして雨で、もう今日はほとんどお客様はいらっしゃらないんじゃないかと思いましたら、まあ、本当に場内これだけいらっしゃっていただいて、なんとお礼を申していいやら、分かりません。

お礼のしようってのは、まあ、わたくしどもはやはり身体で奉仕するよりないので、もしもお客様方のお宅に火事でもありましたら、もう早速飛んでって（笑）、消火のお手伝いでもしよう。ですから、一日でも早く火事があればいいなと（爆笑）、そればかりを今楽屋で話をしていたんですが。

まあ、何《いず》れにしても、その、え〜、この『にっかん飛切落語会』、だいたいが二つ目、これは、まあ、噺家で、もう、ご存じでしょうけど、噺家は前座、二つ目、真打と三段階に分かれておりまして、まあ、その中で、二つ目、そういう人たちが今、だいたい落語協会に六、七十人いるかと思います。あるいは、もっといるかも知れません。まあ、そういう人たちが、今は寄席が非常に少なくなりまして、東宝と上野、新宿、池袋、浅草と五軒になってしまいました。それですから、どうしても、このあと出て参ります（橘家）二三蔵《ふみぞう》なぞは、四十日間高座に出ていないって云う。噺家で高座に出ないってのは、非常にいけないことなんですが、自分から出ないいんじゃなくて、出る寄席がない。場面が無い訳ですね。

寄席とすれば、どうしても、いい看板を出して、お客様をどっさり呼びたい。まあ、近頃は寄席にお客様がいらっしゃるんです。で、他の興業が不振だといってる最中に、寄席だけが毎回いつも満員です。よく来るようにはなったんですけど、しかし何れにしても、お客様が来るには来るだけの顔を揃えなきゃならない。したがって、いい顔を揃えますと、どうしても二つ目の出番が無いんですね。ですから、前座のあとにすぐ真打、まぁ、痩せても枯れても真打披露した連中が出ると云うような状態。それですから、二つ目のときはなかなか出る場面がない。えー、自分で自発的にあちらこちらで落語会を拵えては、そこで喋ったり、あるいは、高校・大学の落語研究会で喋ってみたり、そんなことをして、徐々に磨くよりしょうがありませんので……。そういう磨いた成果をやはり、ここへ出したい。

　彼らに訊いてみますと、この高座に出る前は、本当にそわそわそわそわしている。「なんとなく、きゅうんと胸が締め付けられるようだ」と、云うんですね。普段寄席で喋るときには、我が家で喋るようなもんで、悠々と喋るんですがね。ところがこういう高座ってのは、違います。出ただけで、ポーッとしてしまう。そういうことは、よくあるもんですな。ましてや、幾らか自分がどのくらいの力か、分かってまいりますと、尚更ポーッとしてしまう。ああ、もう、辛いもんですわね。

　あたくしも、二十年近い前に、落語研究会。これは有楽町ビデオ・ホールで、やってたんですが、その当時、明治の生き残りの噺家連が綺羅星の如く、出ていて、あたくしもそこで端《はな》ぁ出たことがあるんですが。……出まして、あの志ん太（現・古今亭志ん橋）の演《や》りました『千早ふる』。あれを演りまして、お客様、ちっとも笑わないんですね。ただ、じっと観てる（笑）。それで、時々、こうメモ用紙かなんか出してメモしたりなんかする（爆笑）。そういうのを見てますとね。なんか、学会に行ったような気がしましてね、どうも（笑）。噺を演っているような気がしない。自分がちょっと喋ると、なんかパッとメモるんですね。そうすると、（あっ、何か間違えたんじゃないか？　しくじったんじゃないか？）と、演りながら反省をした。だいたい自己反省しながら演っていたらダメですよね（笑）、落語なんていうものは。ですけど、そのぐらい厳しいところで、段々と、さぁ、そのうち何回か会を重ねると、（メモを）書かなくなる。それは、（ありがたい。ちゃんと、聴いててくれる）というような、そういうものが積み重なって、一人前になって行くもんです。そりゃぁもう、中には酷いときには、お客様が五、六人のところで、あたくしどもは演らされたことがありましたですな。

五、六人でもって、こんな広い会場じゃないんです。ＴＢＳの寮がありまして、そこで、僅か十畳ぐらいの部屋です。で、机の上にあたくしどもが、上がりますと、目の前に、その、相当「聴功者《ききごうしゃ》」の人たちが、落語のことなら下手な噺家より知っている——と云うような人たちが、聴いているんですね。そのときの演り難さと云うものは、ありませんですね。そうして、一挙手一投足、

「あっ、あそこであんなところで手を突いた」

例えば、道を歩いているところで、ちょいとこんなことして喋っていると、

「地べたへ手ぇ突いて、あいつは喋っているのか？」（笑）

なんてぇなことをメモる（笑）。そりゃぁもう、大変です。で、目がちょっと上向いたりすると、

「二階と喋っているのか？」

なんてなことを、メモられる（笑）。そりゃぁもう、自分が喋ってるところが、六畳の間か、四畳半か、十畳の間か？　それによって、声の出し方からして違う。目の配りによって、それから、相手のちょっとした動作によって、こういう風に楽になったら、目の前にいる人は、身分がその人よりちょっと低い人とか、その身分の上下、あるいは、なんの、言葉の端々、一挙手一投足に表れる。ですから、そう云うところを克明にやられますとね、どんな上手い人が喋ったって、何か気に障るところはあるもんですね。そういう風に、まあ、鍛えられますと、本当に、もう、高座に出ますとホッとしますな。（はぁー、こんなに高座が楽なのか）と云うような。ですから、一番難しいのは、その、座敷で平《ひら》で、一回

やられたことがあります、あたくしも。

かなりのお客なんですが、昔から聴いてる方だそうですが、

「あたしが聴いているんだから、とにかく、おいで」

なんて、電話がかかってきまして、赤坂の料亭に行きますとね、たった一人、ザァーッと広間にポツンとお客様が居るんです。で、脇息《きょうそく》にもたれて、で、

「もっと、おいで。さぁ、演ってごらん」（笑）

目の前で一対一ですよね（笑）。噺を演っている気がしませんでしたね。税務署で言い訳しているような気がして（爆笑）。どうにも、ドキドキして、噺にならない。終わると、

「……若いねぇ。……あと、三十年だな」

なんてなことを、云われましてね（爆笑）。ことによったら、三十年保《も》たずに死んじゃうかも知れない。ああ、なかなか難しいもんで。

まあ、これから彼らが出てきて、そういう目に徐々にあっていく訳なんですが、あたくしどもだってこの先まあ、そういう目にあって、やはり鍛えられていくかも知れませんですが。

なんにしても、そういう状態ですから、（橘家）二三蔵、それからぬう生（現・三遊亭圓丈）と、二人をみっちり聴いて、もしよろしかったら、彼等に、「これこれこういうところを直したほうがいいんじゃないか？」と、気がついたらあとで、楽屋にですね。で、その、ただ小言だけ云うんじゃなくして、「ちょいとおまえ、付き合え」

ってなことを云って、どっか新橋あたりで、近いですから（笑）、で、料亭でもって、芸者を揚げて飲ましながら（笑）、

「おまえ、あそこがいけないよ」

そうすると、噺家は、実に素直に聞きます（爆笑）。たいして、費用がかかるもんじゃない、僅か三十万円で済むことですから（爆笑・拍手）。

まあ、なんにしても、冗談抜きにして、そう云う小言なんてぇと陰気ですわね。そして、これがさて、わっと芸者衆なんて揚げると陽気になる。人間なんて、陰気なときばかりじゃいけないんで、やっぱり、陽《よう》な部分もなきゃいけないと云います。

わたしの曽祖父は切腹した

一九七八年四月二十七日　イイノホール
にっかん飛切落語会　第三一夜『柳田格之進』のまくら

お運びでお礼申し上げます。

侍と云うと、江戸時代には大変に幅をきかせたようですが、どっこい、さて、その身分になってみますと、そう楽もしちゃいられません。その付き合いと云うものがありますから。それに、やはり昔からそうなんですが、人の告げ口、讒言なんて云うことによって、いろんなことが起こります。

わたくしの曽祖父《ひいじい》さんが、安政の三年に切腹してまして、これが、鳥取池田藩の藩翰譜《はんかんふ》に載っております。まあ、些細なことの告げ口で、切腹と云う。……楽じゃないでしょうね。わたくしの祖父《じい》さんが、七歳のときにこれを見て、（とても、侍は嫌だ）と云う気持ちになった。で、まあ、増上寺に入って、仏門に（身を）投じた訳なんですが……。

よく親父が、そのお祖父さんから聞いた話を、聞かせてくれました。……切腹なんてものは大変だったそうですね。一尺二寸が、白木の三方《さんぽう》へ載っております。そこに介錯人が付いてまして、たいてい、当て腹と云って、ほんのちょいと（刃を）あてる。当然、首が前へ出ますから、その時にスパァーッと落としてしまうんですね。これは、もう、全く痛くないそうで……、もっとも訊いても答えた人は、一人も居ないんですけどね（笑）。

まあ、しかし本寸法でやりますと、余程、曽祖父さん腹が立ったと見えて、親戚縁者の見ている前で、この左へ入れて、そして右へ斬って、上へ上げて……。しかも、頸動脈を斬って、それでもなかなか死ねるもんじゃないそうですね。血の海の中に、突っ伏して、かなりな時間もかかるんでしょう。もう、それを見ていて、ゾッとしたそうです。ですから武士なんて云うと、いたずらに農家の人が汗水たらして拵えた作物を、ただただ食べてるようですが、やはりその道に入ると、なかなか煩《うるさ》いもので……。

いま、仮にサラリーマンで社長が、「切腹を命じる」なんて、云うと、

「いえ、ちょっと待ってください。一服して考えますから」

なんて、いろんなことを云いたくなります（笑）。

江州《ごうしゅう》彦根の井伊家の藩中に、柳田格之進と云うこの人が、実に豪気な人で、清廉潔白、そして文武両道に達した立派な侍。先ずこの人は、曲がったことが大嫌い。ですから、柳田が表へ出ると、必ず瘤を拵えて家へ帰って来る。てぇのは、道へ出ますと塀がありますから、曲がるの嫌いで真っ直《つ》ぐダァーンとぶつかって行くという（笑）。大変な人で、そして、寡黙ですね。ものをあんまり喋らない。

だいたい男で、ベラベラベラベラ喋る奴にロクな者はありゃしない（爆笑）。ここの部分が、どうも云い難いとこなんでね（笑）。たいてい、男なんてぇものは、言い訳をしないで、ピシッと構えているという……。ところが、「水清うして魚棲まず」。やはり、同僚にとってはこのぐらいその嫌な人物は無い。目の上のたん瘤。何かこう意見を云うと、柳田が「これこれこうだ」と理非曲直《りひきょくちょく》を正してくる。間違ってないんですから、こりゃ、仕方がない。

「どうも、柳田と云う奴は、目の上の瘤だな。あいつはな」

讒言にあって、浪人と云うことになる。

心眼を考える

一九七八年七月二十日　イイノホール
にっかん飛切落語会　第三四夜『心眼』のまくら
※一九七八年五月十二日　落語協会分裂騒動後、初の五代目三遊亭圓楽の出演

一杯のお運びでお礼を申し上げます。

富士山の山のてっぺんへ登った男が、キョロキョロキョロキョロキョロしてるんで、

「おう、どうしたぁい？」

「どうしたってねぇ、今、俺ん家《ち》捜してんだよ」（笑）

「バカ野郎、ここは富士山だぞ。江戸のお前《めぇ》のウチが見《め》える訳、ねえじゃないか」

「だって、おまえ、俺ん家から、富士山見えるよ」（爆笑）

って、バカな噺がありますけど。え〜、そういう風に物事と云うものは、その立場になってみないと、なかなか分からないもので……。

「俺は分かってる」って、云ってても、その人の身になってみなきゃ分からな

いことが随分あるなんて云いますが、

「盲人の夢、姿を見ず。唖《おし》の夢、声を聞かず」

なんて、云います。やはり、唖と云うものは声を聞けない。盲人は夢を見ても、その絵が浮かばない。って、云ってますが、そういう身になったら、こらぁ、もう辛いことなんでしょうが。

しかし、まあ、逆に盲人から云わせると、目明きぐらい不自由なものは無い。夜歩くときに、灯りが無いと歩けない。と、云いますが（笑）。

『座頭市』がたいへんにヒットしたときに、第二作目があまり面白いと云うんで、盲人がバスを連ねて映画を観に行ったという話があります（笑）。

しかし、中年から盲人になった方と、もう端《はな》から不自由な方とでは、杖の突き方が違うと云いますね。中年でなった方と云うものは、怖さを知ってます。牛がどういう形の獣《もの》か？　車がどういうモノか知ってますから、どうしても怖さが先に立って、杖が前へ出ます。端から不自由な方てぇものは、杖なんぞに頼らない。まああすると、肩へ担いで鼻歌唄って、歩くなんてぇのが、ありますが……（笑）。

香具師の口上

一九七九年三月二十九日　イイノホール
にっかん飛切落語会　第四二夜『高田馬場』のまくら

一杯のお運びでお礼を申し上げます。

今日、二十九日と云うのは不思議な日です。歌舞伎座では、あたくしの師匠の(六代目三遊亭)圓生が独演会を演っておりまして、で、国立(演芸場)でも落語会、そして、(三遊亭)圓窓と(柳家)小三治が新宿のほうで二人会、で、ここでの会。本牧へ行きますと、この若手の会でも厄介になっております九蔵(現・三遊亭好楽)たちの若手会。で、あたくしは、これから横浜のスカイ劇場で、トリをとらなきゃなりません。なんか、東京と神奈川で落語会だらけで、お客様もいらっしゃるかな? どうかな? と、心配していたんですが、こんなにたくさん来ていただいて、本当に嬉しいもので、なんたってお客さんが頼りですからね。

いろんな会が今云ったようにありますけれども、この若手を育てる「にっかん飛切落語会」という、これは噺家一人育てると、猫千匹に相当するそうですから……（笑）。だもんですから、皆さんに必ず幸せが訪れると、あたくしは確信しております（爆笑）。

何にいたしましても、時代と共に、いろいろと土地柄が変わってまいります。繁盛していたところが寂れてしまったり、また、寂れていたところが繁盛したりと、いろいろにあります。

歌舞伎座なんてところも、あたくしの師匠が今日、独演会『乳房榎』で、この回り舞台で演っておりますわね。あの『落合の蛍狩り』のところで、蛍を電気でチラッチラッと飛ばしましてね。で、いよいよ落合の殺しの場、藪からこう、パッと殺すところ。『重信殺し』のところは、舞台が回りますんでね、で、まわりに藪が出て来るんですよ。このイイノホールは、回らないんです（笑）。これを回すと楽屋のトイレが出て来ちゃう（爆笑）。具合が悪いですなぁ。そこらが、歌舞伎と違うところでね（笑）。しかし、もう、歌舞伎座なんてところは、三波春夫が出てるんですから、あんなとこに出たくないですよ、あたくしどもはね（爆笑・拍手）。だから、歌舞伎座のお客さんより、皆さんのほうが遥かにハイクラスの人ばかりで（笑）。え〜、お顔形を見ても分かりますよね。歌舞伎座に行くのは、皆さん、骨壺みたいな弁当箱を持って来ましてね（笑）。で、なんか、こう、召し上がりながらね。もう、食べるほうが先決で、（どうして、あぁ、飢えてんのか？）と思うぐらい（笑）。まるで、バングラデシュに行ったみたいな感じですわね。その点、ここはそんなことはございませんので。

しかし、あの、六本木あたりがそうですね。あたくしの初高座が麻布の十番倶楽部だったんですが、あの頃の麻布は狸穴《まみあな》なんて云いましてねぇ、狸の穴があったぐらいで（笑）。だもんですから、六本木なんて寂しくて、もう、あたくしは、十番倶楽部に務めていたのが、本当に嫌《や》でしたね。当時、都電が通っているだけで、しかも十時過ぎますと、赤いランプがつきまして、終電車になってしまいます。もう、帰れないときには、田町新橋まで歩いたぐらいでね。

それが、あの俳優座が出来ました当時、

「あんなところへ、あんなものを作ったって、お客が来るか？」

と、云っていたのが、今はなんと大繁盛している。で、土地柄ですね。

だから、前《ぜん》には、両国の垢離場《こりば》ですとか、あるいは、何と云っても、あたくしどもの小さい頃には、もう、江戸時代から続いたそうですが、浅草奥山、もう、これはもう、大繁盛ですよね。浅草の繁盛ぶりと云ったらありませんでした。雷門を降りたり、あるいは地下鉄の田原町を降りまして、もう、降りて黙っていると、人に押されて六区の興行街に行ってしまう。で、更に押されて行ってしまうと、吉原に行ってしまうんですね（笑）。あたくしたちなんかは、押されなくても吉原に行ってしまうんですね（爆笑）。そういう風に繁盛していたんです。

ところが浅草の伝法院通りなどは、今頃行って御覧なさい、人っ子一人通っていないです。そのぐらい寂れてしまった。

あたくしどもは、後から出て来る（立川）談志と一緒に、よぉく稽古を付けて頂きました立川ぜん馬さんと云う、これはもう、三遊亭圓朝を聴いたと云う最後の噺家でございました。このぜん馬さんに聞いたんですが、あの昔の噺家って面白いもんですね。よく、奥山なんか行きましてね、香具師の親分に渡りをつけて、噺家自体がいろいろな趣向を凝らしたそうですね。

筑後柳川から獲れた河童なんてぇのにね、そのぜん馬さん自身が河童に扮したことがあったそうですよ。どうやるかって云いますとね、頭の真ん中を剃るんですってね。で、周りだけ毛を残しておきます。そうして、大きな水槽を置きまして、水を濁しておくんだそうです。で、その水の中に、ぜん馬さんが入りましてね。その頃は、もう、噺家じゃ食えませんから、みんなそんなことを演ったんですね。それで、葦を切りましてね、これで（水の）中で息をしているんだそうですね（笑）。ところが、あれはなかなか出来るもんじゃないんです。あたくしもねぇ、甲賀流と伊賀流の忍術を、小さい時分にやったもんですからね（笑）、あれもやりましたがねぇ、たいてい吸うと水を飲んじゃいます。あんなもので、息が出来るもんじゃない。ぜん馬さんは、お金欲しさにやったそうですよ。

それで、その河童を見る木戸銭が幾らだって云うと、六十四銭だったそうです。だから、あたくし、デノミネーションが早く行われないかと思うんですよね（笑）。今は、もう、一円が最低の貨幣ですから、六十四銭と云うと、ちょっと分からないんですが、それへ三十六銭をプラスすると、つまり一円になる訳ですね。

「何で、六十四銭をとったんですか？」

って、云ったら、

「河童《かっぱ》、六十四だ」

なんて、くだらない洒落を云ってましたがね（笑）。それで、フフッフ、演ってたらしいんですね。ところがぜん馬さんが水を飲み過ぎちゃってね、それで、浮かんで来ちゃったそうです（爆笑）。それで、お客から、「木戸銭返せ」って云うんでね。「これが、河童の川流れだ」（爆笑）なんて云ってね、辛《かろ》うじて宥《なだ》めたなんて話を、ぜん馬さんから伺ったことがありますが。

まあ、奥山ってところは不思議なところで、いろんな見世物が出ている。まあ、あたくしども、小さい頃でも、いろんな人が居ましたね。

長靴なんか売ってたのが、ありましたよ。

「さあ！　デパートで売れば、一足千円はかたい。けれでもズゥーッと顔を見たところで、所詮千円持っていそうな客は居そうもない。みんな貧乏面だ（笑）。なら、いっそのことズバッと負けて五百円だ。買わないか？」

「買わない」

「ダメ！」

「買わないの？　ダメだなぁ、どこを見ても懐寂し秋の暮れ。しょうがないな、それじゃあねぇ、人間ってのは心意気で感じるものだ。あたしが、パァーンと最低の値を云うから、そのとき『買った』って云わないと、売らないよ。いいかい？　えっ、一声しか云わない。いいかい？　一足、……百円だ！」

「買った」

「片っ方」

って、云うんで片っ方だけね（笑）。で、「もう片っ方ください」って云うと、「九百円くれ」って云う（爆笑）。じゃあ、千円になっちゃう（笑）。実にあの呼吸の可笑しさってのはないですね。

くだらないのになりますと、いろんな本をたくさん積んでましてな、そして、「ひと月十円で食える法」とか、あるいは「釜無くして飯を炊く法」とか、「電車にタダで乗る法」とか、あるいは「泳ぎを知らなくても、溺れない方法」とか、そういうのを書いたものをね、売ってましてね。

「買っても、そこで広げちゃいけないよ。そこで広げると脇から、こう、盗み見をする奴が居る。そういう奴は不届きだ。なるべく人の居ないところで御覧なさい」

なんてなことを云う。買った人は喜んでね。

「ありがてぇなぁ、『ひと月十円で食える法』なんてなぁ……、え〜、『ひと月十円で食える法』、『心太《ところてん》を食え』……（笑）、なんだいこりゃぁ、心太は一突き、あっ、そうか（笑）、それかぁ（爆笑・拍手）。なんだいこりゃぁ、くだらねぇもんだねぇ。

でもね、こういうのはね、端《はな》ちょいと笑わせておいて、あとでグッと締めるんだよな。ああ、買って損はないって奴だよ。

『釜無くして、飯を炊く法』、『鍋で炊け』。なんだいこりゃぁ（笑）。なんだいこれぇ、こういうのは、よくあるんだよな。だけどね、電車にタダ乗ろうって、こんなありがてぇことないじゃねぇか。……『車掌になれ』って、何だよ、おい（爆笑・拍手）。当たり前じゃないかよ。

でも、この後だよな、『泳ぎを知らなくても、水に溺れない法』ってんだよなぁ。ありがてぇや。俺は泳ぎを知らねえんだ。河童の川流れだ。金槌だ。なあ、ありがてぇな。海に行ってね、泳ぎを知らねぇてのは、薄らみっともねぇからな。『裸になって立ち上がり』、おっ、やっぱりね、ちゃんとしているね。こういうところが、俺は好きなんだよな（笑）。こういう本の中でね、一つでもね、いいところがあれば、それでね、損はねえんだよ。『裸になって立ち上がり、腹のところへ墨で線を引く（笑）。そっから深いところに入るな』、なんだぁ（爆笑）、バカバカしいやぁ」

って、そんなのがあったりしましてね。

その前になりますと、松井《まつい》源水《げんすい》独楽《こま》回しってのが、ありまして。うん、独楽回しなんて云っても、ただ独楽を回すだけじゃありません。無論これは、歯を治療する薬を売る訳ですね。ただ、薬を売るって云ったんじゃ、もう、通りすがりのお客ですから、どんどん行っちまうから、余興に独楽を回したりなんかいたします。それで、人目を引いておいて、この歯の薬を売ると云う訳で。長～い刀を持ってましてね。

「歯の痛い人は、こっちへ出てらっしゃい。すぐ、治してあげるから」

行って、アーンなんてやりますとね。この刀でもって、歯をグイッとえぐっちゃう。それで、薬をパッと塗ると治る。

「何事ぞ　歯を抜く人の長刀」

って、これからはじまったなんて云いますが、あんまりあてになっていないもんじゃないんですが（笑）。まあ、ともかく松井源水独楽回し。

中でも、トリを取りましたのは、何と云ってもこの「蝦蟇《がま》の油売り」。こらぁーもう、大層なもんで。

鹿の角の刀掛のところに、刀を三本ぐらい掛けておきまして。そうして、後ろ鉢巻玉襷《たまだすき》、袴の股立を高々に取り上げる。で、あれは、道を通っている人を呼び込むんですから、まごまごして下手だったら、ドンドンドンドンお客は帰って行っちまいますからね。「足止めの法」ってのを必ず演ります。

「さあ、お立ち合い！　これだけ集まった中で、掏摸《すり》が一人居る。あたしはそれを知っている。しかし、『この者が掏摸だよ』と云えば、その男は必ずあとであたしに仕返しをする。だから、あたしは決して『これが掏摸だ』と、名前は云わない。しかし、あたしがこのことを云えば、たちどころに掏摸は、居たたまれなくなって、この場を去るでしょう（笑）。この場を去っていくのが、掏摸ですよ」

ってなことを云うんですね（爆笑）。こうなると、逃げられないですね（笑）。動きゃぁ掏摸だと思われるから。蕎麦屋の出前持ちなんか、担いだまんま動けない（爆笑）。それを一発かましておいて、

「さあ！　御用とお急ぎでない方は、ゆっくりと聞いておいでなさい。遠目山越

し笠のうち、物の文色《あいろ》と理方《りかた》が分からぬ。山寺の鐘は、こうこうと鳴るといえど、童児《どうじ》一人来たり鐘に鐘木《しゅもく》をあてざれば、鐘が鳴るやら鐘木が鳴るやら、とんとその音色が分からぬが道理。

だが、しかし、お立ちあい、手前持ちいだしたるこの棗《なつめ》の中には、一寸八分の唐子《からこ》ゼンマイの人形。日本に数多《あまた》人形の細工人はありといえども、京都にては守《しゅ》随《ずい》。大坂表には竹田縫之助《ぬいのすけ》、近江の大掾《だいじょう》藤原の朝臣《あそん》。手前持ちいだしたるは、竹田の津守《つもり》細工。咽どには八重歯車の八枚を仕掛け、背中には十二枚のこはぜを仕掛け、この棗を大道に据え置くときには、天の光と地の湿りを受け、陰陽合体し、パッと蓋をとるときには、ツカツカ走るが、虎の小走り、虎走り、すずめの小間取り、小間返し、孔雀、霊鳥の舞い、人形の芸当は十と二通りある。が、お立ち合い。

放り銭や投げ銭は断る。やつれていても元は武士。放り銭、投げ銭なんぞは、頂きませんぞ。

さすれば手前、何を業《なりわい》とするや。手前、長年稼業と云うは、これこの通り、蟇《ひき》蟬噪《せんそう》は、蝦蟇の油だ。よくお客様の中で、ウチの縁の下や流し下に居るというのは、あれはオタマガエル、ヒキガエルと云うて、薬力《やくりき》と効能の足しにはならん。手前持ちいだしたるは四六のガマだ。
四六、五六は何処で分かる。前足の指が四本、後足の指が六本、これ名付けて四六のガマ。この蝦蟇、これよりはるーか東北にあたる常陸の国は筑波山の麓にて、車前草《おんばこ》という露草を食ろうて生きておる。
この蝦蟇を捕るには、四方に鏡を立て、下に金網を敷き、この中に蝦蟇を追い込む。蝦蟇は己の姿が四方に映るのでを己を見て驚き、たらーり、たらりと脂汗を流す。その脂汗を柳の小枝をもって、三七が二十一日の間、とろーり、とろりと煮詰めて出来たのがこの蝦蟇の油だ。

赤いが辰砂《しんしゃ》、椰子《やし》の油、テレメンテエカにマンテエカ、金創《きんそう》には切り傷、古傷。その他、はしり痔、汚れ痔、横痃《よこね》、その他、腫れ物一切に効く。いつもはひと貝で十二文だが、今日は手始めだ。小貝を添え、ふた貝で十二文だ。どうだ、お立ち合い。

お立合いの中で、未だ薬力を疑ってらっしゃる方には、まだまだ効力はあるぞ。刀の切れ味を止める。手前、持ちいだしたるこの刀、鈍刀なりと云えど、悪しき鈍《なまく》らではない。多くお立ち合いの中には、あの大道芸人の持つ刀は、元が斬れて、先が斬れて、中の斬れぬ仕掛けがあろうと云う。斬れるか斬れないか、お眼の前で、白紙一枚斬って御覧に入れる。白紙一枚は、人の甘皮一枚にあたるもの。よろしいかな？

一枚が二枚、二枚が四枚、四枚が八枚、八枚が十六枚、十六枚が三十と二枚。六十と四枚が一束と二十八枚。フッと吹きます春は三月落花の舞、比良《ひら》の暮雪《ぼせつ》は雪降りの形。

かほどに切れる業物でも、蝦蟇の油を一付け付ければ、なんとお立ち合い。引いて斬れない。この通り、叩いて斬れない。ならば拭き取るときにはどうかと云えば、ウッと拭き取れば、抜けば玉散る氷の刃、鉄の一寸板も真っ二つ。さあお立ち合い。よろしいか？　ヒョイッと触ったばかりで斬れた血が、蝦蟇の油を一付け付ければ、これこの通り、かほどの傷で慌てふためくことは無い。蝦蟇の油を一付け付ければ、痛みが去って血が止まる。なんとお立ち合い」

何てなことを、云っておりましてね（拍手）。観てると成程、血がピタリと止まる。（これは、よく効くな）ってんで、「俺にも」、「あたしにも」ってんで、ドンドン売れて……。

遣っちゃいけない言葉たち

一九七九年九月二十七日　イイノホール
にっかん飛切落語会　第四八夜『抜け雀』のまくら
※一九七九年九月三日、五代目三遊亭圓楽の師匠である六代目三遊亭圓生が逝去
本口演は、その二十四日後に演じられた

え～、今ちょっと、弟子の鳳楽の真打披露が東宝でありますんで、演っておりました。遅れてしまって申し訳ございません。おかげさまで、ああ云う結構な踊りも観られた訳です（笑）。

まあ、噺家と云うと踊りと云うのは必修科目で、あたしのほうも前《ぜん》には踊ったことがあります。亡くなった（五代目柳家）つば女さんなんか、あたくし同様にノッポなものですから、二人で川崎で踊りましたら、「ラジオ体操だ」って、云われました（爆笑）。以来、ぷっつりとやめたんです（笑）。

今日の向こうの口上のほうは、意外に長引いちゃいまして、これがなんとその、談志がちょっと師匠の圓生の代演で、結局は請け合った仕事の穴埋めと云うことで、あたしは行けませんので、北海道に行ってまして。その穴埋めに（初代

林家）三平さんが来ましてね（笑）。九カ月ぶりで、三平が復帰したわけです。で、楽屋でね、

「圓楽さん、あたしゃぁもう、ガラリ変わった三平を、御目にかけるから。芸風を、九カ月の病床で相当改変した」

と、云うんですね（爆笑）。非常に興味がありましてね。それで、客席にまわって聴いてましたら、全く変わってない（爆笑・拍手）。ただ、拳を額にあてなくなっただけなんです（爆笑）。それで、とにかく、「圓楽さん、聴いててくれ。聴いててくれ」って、何だか知らないけど『源氏物語』を演るって云うんですよね。そこに突如として、パンダが出て来たり（笑）、なんか、ちっとも変わってないんですよ（爆笑）。「爛々《ランラン》と目を輝かした」とかね（笑）、で、「カンカンに怒った」とかね（笑）、そんなことばっかり云ってんの（爆笑・拍手）。まるで、変わってない。

でもね、さあ、口上になりましたら、

「当人、この鳳楽くんは、非常に親孝行なんでございます。中にキラッと光るものがある」（笑）

って、三平さんが云ってましたけど、これは亡くなった（八代目）桂文楽の口上なんですね（笑）。え～、そのまんま（爆笑）。で、おしまいの締めの口上が、

「また一つ　上がって嬉しい　寄席行灯」

これも、間違いなんです。これは、（五代目古今亭）志ん生がよく演ってましてね。

「また一つ　上がって嬉しい　鯉幟」

と、云うんですよね。それも間違っている（爆笑）。もう、何でも、皆、間違っている（笑）。で、自分の言葉って云ったら、

「お祈りいたしております」

って、それだけなんです（爆笑）。もう、ひっくり返ってウケました。不思議な人ですね。だけど、やっぱり、ああいう人も必要なんですよね（爆笑・拍手）。凄くお客様に希望を持たせてくれるんですよ（笑）。あと三十年たっても、おそらくあのまんまですよ。そうするとね、何か地球の回転が止まったような感じがしましてね。で、お客様は安堵感をおぼえる訳ですね。三平ですら、生きていけるんだから（爆笑・拍手）、まして我々なら――と云うね（爆笑）。

だから、芸人ってのはいろんな種類があって、あたくしはいいんだと思います。そうかと思うと、談志のような喧嘩をすぐに売ってね、自分を意識させていくと云う（笑）、そういうパターン。あれは全部、意識してやっていることなんです（笑）。ワザと喧嘩を売って行く。で、話題になると思うと、話題にならなかったりね（爆笑）、逸《そ》れたりします（爆笑・拍手）。

前に驚きましたよ。奴がね、放送局でもって、野犬捕獲員さんのことを、遣っちゃいけない言葉で話題にしたんですね。で、これは漫談で云ったんです。人間ってのは価値観をどこで決めるかったら、給料で決めると。だからね、奴の漫談の流れを説明しますとですね。野犬捕獲をしようが、何をしようが、これが六十万円、百万円の高額をとっていれば、野犬捕獲の方が団地へいらっしゃる。奥さん方が、

「あらっ！　野犬捕獲員さんがいらしたわよ（笑）。あの方、百万円もとるんだって。月給たいへんなもんね。ウチの亭主なんかさぁ、そこへいくと十五万ぐらい。ああいう人のところへお嫁に行きたいわ」

なんて云う。そういう漫談なんですね。そうしたら、その遣っちゃいけない

言葉が気に入らないって云うんで、九州の方なんですが、談志が九州へ来たら、「撃ち殺す」って云うんですね（爆笑・拍手）。被差別団体の方たちが、「差別した」と、云うんですね。「不届きな奴だ」、で、「あいつを撃ち殺す」って訳なんです。で、談志はそんなことを知らずに喋ったんですよね。なのに、「撃ち殺す」って云うんですね。

で、ちょうど、その手紙が来てから三日目に、あたくしと、今病気で倒れてます（四代目柳亭）痴楽さんと、談志と三人で（九州に）行った訳ですよ。したら、飛行機が福岡に着きましたらね、途端にアナウンスが、「痴楽さん、談志さん、圓楽さん、お三方は、機内へ留まって下さい」（笑）

で、皆が降りちゃう。で、「九州の方が、狙っておりますんで（爆笑）、どっから狙撃されるか分からないですから、皆さんが降りてから」

って、云うんでね。乗客が全員降りてから、あたくしどもは後部のほうから、降りましてね、三人だけ。私服の方が二十人ばかり警護してくれました（笑）。あたしと痴楽さんとで、

「どうもねぇ、どっから狙撃してくるか、分からない。ゴルゴ13じゃないけどね(笑)、分からない。で、ゴルゴほど腕前がありゃイイけど、流れ弾に当るのは嫌だから」(爆笑)

って、相談して、談志を突き飛ばしてね(爆笑)。で、痴楽さんとあたしと二人で駆け出して、あいつが「薄情だぁ。薄情だぁ」って(爆笑)。

「うるせぇ！」

って、云って、アハハ。男に縋《すが》られたのは、初めてですね(爆笑・拍手)。まあ、何事もなかったんですがね。

そういう風に、その近頃は、言葉遣いってのが非常に放送ですと制限がありまして、気をつけなきゃなりません。だいたいが、「床屋さん」なんて云うと、もういけない。ですから、落語の「浮世床」は出来ない訳なんです。で、

「どう演るんですか？」

って、訊いたら、

「『浮世バーバー』と云ってくれ」(笑)

んならぁ、落語の題名にならないですよ。あたしは坊主の倅だから、坊主って

云ったら、「いけない！」って云うんですよ。「僧侶」と云わないと差別用語だって云うんです（笑）。ちゃんとあるんですよ、嘘だとお思いなら、何処でもテレビ局、ラジオ局行きますと、差別用語一覧があります。え〜、「僧侶と云ってくれ」。

「じゃあ、『てるてる坊主』の歌は、唄えないいじゃないか」（爆笑・拍手）

したら、

「♪　てるてる僧侶　てる僧侶」（爆笑・拍手）

そんなね、つまらないところを気にすることはないんです。そう根掘り葉掘りね。鹿も四つ足、馬も四つ足、四つ足と云っちゃぁいけない。だから、何から何まで「いけない。いけない」。

もう十五年ほど前ですが、ＮＨＫでは「与太郎噺をして、『バカ』と云っちゃ困る」って云う（笑）。じゃあ、与太郎噺出来ないですよ（笑）。で、

「どういう風に表現すりゃぁ良いんだ」

って、云ったら、

「これから段々頭の良くなる人」

って、云わなきゃいけない（爆笑・拍手）。そんなこと、云えますか？

「ちょいと、これから段々頭の良くなる人」（爆笑）

「アハハ、アタイぃ？」

そんなこと演れません（爆笑・拍手）。尚、バカにしていることになりますよね。ですから、どういう気持ちであんなことを云うんだか……。

この頃、女房をもらう、婿に行くって云ったってね、いちいち身元なんか調べやしませんよ。勝手気ままにもらったり、くっついたりね、一緒になって、そんなものは忘れちまえばいいんです。今はね、昔と違って、士農工商なんという、そんなものは無いんですから。華族制度も廃止され、戦後は一切無いんですから、そんなことを云うこと自体が、逆におかしいんです。

前《ぜん》には、よくねえ、雲助なんて云いましたでしょう？　今でも、言葉がありますが、これもタクシーで遣っちゃいけない。タクシーに乗って、「雲助」なんて云うと、運転手が怒る訳です。しかし、当人がそういう意識があるってこと自体が悪いんじゃないかと、あたくしは思うんですがね（笑）。自分は雲助じゃないと思えばねえ。だから、あたくしなんか、

「圓楽、バカ」

って、云われたって平気ですよ（爆笑）。バカじゃないんだからねぇ（爆笑・拍手）。見解の相違だって云えば、それでいいんですから（笑）。それを怒るってこと自体がね、おかしいんです。

まあ、江戸時代、道中をしますって云うと、雲助ってのは、網をはってましてね。事実、悪いのが居ました。担ぐってぇと、（ちょいと乗っている人が弱いな）思うと、いたぶって酒手を強請《ねだ》ったりなんかして。酒手を出さないと、「降りろ」ってんで、山の中で降ろしてしまったり。あるいは女の一人旅、これを乗せるてぇと、林の中へ連れ込んで、乱暴をするというような。だから、もう、

「駕籠かきは、悪いね」

「ああ、なんたってあいつは、『駕籠かき』みたいだね」

「悪い」と云うと。「駕籠かき」と云われたぐらいで……。

想像以上の寒さについて

一九七九年十一月二十九日　イイノホール
にっかん飛切落語会　第五〇夜『弥次郎』のまくら

毎回のお運びでお礼申し上げます。

しかし、このぉあたくしは日本と云うのは地図で見ると狭いと思いましたが、なぁーに周ってみますと広いもんですね。近頃、※1例の寄席を締め出されて以来（笑）、もう、至る所を周ってます。あれ、不思議です。おかげさまで、あたしは村長さんの名刺をもの凄く持っています（笑）。あのう、お笑いになるけど、村長さんって云うのは偉いんですね。

なんか、もう、地元に行きますとね、総理大臣より遥かに偉いって感じがしますね（笑）。村長さんとか、収入役、そういう人たちの名刺が山ほど溜まりましたですが……。

まあ、なんにしても、何処へ行きましても、大歓迎される。これだけ、落語ってのは浸透してきたんです。今朝方も、木更津の……、木更津行くと、ことによったらズタズタに斬られるんじゃないかと思って（笑）。とんでもない、女学校ですからねェ。もう、箸が転がっても可笑しい年頃ですから、そりゃぁもう、うわんうわん、ウケましてね（笑）。その気分でここで演ると、蹴られるかも知れませんね（爆笑）。

こちがちょいと、「フフン」なんて演ってもウケるんですから、そりゃぁ簡単ですよね（笑）。ここのお客はしぶといから、そういう訳にはいかない（笑）。

あのう、先月にあたくし、北海道の道新ホールってところで独演会を演りました。したら、なんともう、雪が降っているんですね。早いもんです。十月にもう雪が降る。沖縄との温度差が二十三度あったそうですが……。そんなに違うもんですね。

北海道の寒さと云うものは、あたくしどもが考える、想像する以上に寒い。旭川に前《ぜん》にまいりましたときに、土地の運転手さんに伺いまして、その方はもう七十ぐらいの方でしたが。だいたい近頃は、地球全体の気温が上がったようだそうですね。その方が子供の時分には、もう寒いなんてもんじゃない。あちらではよく「しばれる」なんて言葉を遣いますが、

「そりゃぁ、圓楽さん、しばれてね。酷いもんでしたよ」

って。昔はみんなドーナツ形の耳覆い、あれをやって、小学校へ通う訳ですね。で、その方が小学生の頃に、むろん大正時代でしょう。「ゲンちゃん、タケちゃん、行こう」なんて云って、一緒に行く訳ですね。誘い合わせて行かないといけない。吹雪きますと、学校の行き帰りに死んじゃうそうですね。道に迷っちゃうんだそうです。恐ろしいもんです。で、大勢で誘い合わせて、こう、行きます。と、たまたま、

「ゲンちゃん」

って云ったら、

「おう！」

って、その子がパァーッと耳覆いをしないで飛び出したんですよね。それから、学校へ行って、教壇の先生が、

「山崎」

「吉河」

って、出席で呼んでます。

「馬場」

「川戸」（笑）

何て云ってやってますよね。そうしますと、そのゲンちゃんなる者が、返事をしないんですってね。で、先生が教壇から降りて行って、

「おい、どうしたんだ？　ゲン坊。お前、耳が無いのか？」

って、肩をポーンと叩いたら、耳がポロッと取れた（笑）。


〈注釈〉
※1……　1978年、落語協会の真打大量昇進に反対した六代目三遊亭圓生が、五代目三遊亭圓楽をはじめとする弟子を引き連れて落語協会を脱退し、落語協会分裂騒動が勃発した。圓生一門は新協会の設立を行ったが、東京の落語定席の寄席すべてが新協会の出演を拒否した。

上手い噺家は居なきゃいけない

一九八二年九月二十七日　イイノホール

にっかん飛切落語会　第八四夜『目黒のさんま』のまくら

お運びでお礼申し上げます。

まだ、所謂、突っ掛け時でありまして、お客様がドンドンいらっしゃる。嬉しいことで、もう、会もだいぶ重なりまして、えー、こうしてお客さんがいらしてくれるようになりました。もう、端《はな》は隔月でやってまして、（どうなることやら）と思っておりました。その中から、段々段々と皆良くなりました。今の助三《すけぞう》（現・四代目春雨《はるさめ》や雷蔵《らいぞう》）なり、あるいは小朝（春風亭小朝）、それから後から出ます馬治（現・十一代目金原亭馬生）、志ん太（現・古今亭志ん橋）、鳳楽（三遊亭鳳楽）、圓橘（六代目三遊亭圓橘）、楽太郎（現・六代目三遊亭円楽）、九蔵（現・三遊亭好楽）、のらく（現・六代目立川ぜん馬）、いろいろ出て参ります。

あまりにも中間が無さ過ぎたんですね。明治の人と、昭和の人と、それで間が無かったんです。大正期の人は、随分不幸な星の下《もと》に生まれて、結構居たことは居たんですけど、戦争に引っ張られて死んでしまったり、あるいはやっぱり大正時代の人は、美味いものを食わなかったせいか、早く亡くなってしまう（笑）。昭和のはじめでもそうですね。

先だって亡くなりました（十代目）金原亭（馬生）だって、昭和三年の生まれです。それで、親父さん（五代目古今亭志ん生）のどん底の時分に生まれた人ですから、ろくなものを食っていなかった。で、自分で云ってましたよ。

「よく、着物がつっかかる」（笑）

って……。あの人、肩が無いんですもの。そのくらい痩せていましたよ。あんまりものを食わないから、あたしは、よく、金原亭には、一緒になったときには、新幹線のビュッフェなんか行きまして、

「ダメですよ、食べなきゃ」

って、云ったら、

「きみねぇ、胃袋はゴミ溜めじゃありませんよ」

何てなことを云ってね（爆笑）。で、飲んでるんですよね（笑）。別に、ゴミ溜めったぁ云っちゃいないけど（笑）、しかし今考えてみると、食えなかったんで

すね。食わなかった訳じゃないんだ、食えなかった。その親父の悲惨な時分に育ちましたからね。

昭和……、たしかありゃぁ六年だったと思います。「三語楼協会」ってのがありまして、その時分、(柳家)三語楼と、あたしの師匠の師匠にあたるデブの圓生と二人で会を拵えましてね、で、その会のときには、まだ、志ん生は、(柳家)甚語楼と云っておりました。もう、隅のほうに居た人ですよ。(二代目柳家)権太楼と云う昭和二十七年に亡くなった大変に人気があった人が、今、圓鏡が演っている『猫と金魚』だとか、ああいうものを売り物にしてまして。この権太楼さんが、編集長になりましてね、その頃のガリ版刷りみたいなものですよね。そこへ、いろいろ広告が載っているんですよ。その広告の中に、「妻子売ります(笑)。値を安くします(笑)。甚語楼」って書いてあるんですよ(笑)。それはつまり、後日の志ん生ですよ。あたしはね、

「これは、嘘でしょ?」

って、云ったら、

「いや、その時はマジで、そう出したんだ」

って、云ってましたよ（笑）。だから、買う人が居たら売っちゃうつもりでいたんでしょうね。そのくらい困っていた。その頃に育ったんですから、あんまり良いものを食べてなかった。だから、もう、極晩年、まあ、幾らか飲めるようになって、

「もう夢みたいだ」

って云ってました。毎日飲めることだけが……。そのくらい困っていたんです。もっとも、あの人からじゃあ、ありません。あの人たちの世代、そんなにあたくしどもは離れておりませんけれど……。

我々だって、そうですね。そんなに美味いものを食ったことがないですよ。戦後、今でも覚えていますが、吉原の前で、ウチの檀家で、（五代目古今亭）今輔と食堂やってた人が居て、そこへ行きまして、食券一枚出すと、丼の中へね、菜っ葉が浮いてまして、米粒が二、三粒くっ付いている。米粒ったって、これ、コシヒカリだ、ササニシキだなんて、そんなもんじゃないですよ。何か訳の分からない、こんな長っ細《ぽそ》い、所謂、外米でしょうね。それがくっ付いていて、それをザブッと飲むと、もう、お終い。まさか二杯目にはね、並べないですよ、悪

くて。他に並んでいる人が居るんですから。だから、あの時分は、本当に今振り返ってみると、恥ずかしい話ですが、人が並んでいると後ついて並びましたね（笑）。順番が来りゃぁ、何か食えると思って（笑）。で、順番が来たら、お焼香してましたがねぇ（爆笑・拍手）。

そんな頃ですから、やっぱりどうしても長生き出来ないんですね。逆に明治の人は、馬鹿げて長生きをしちゃった。皆、八十ぐらいまで生きちゃったんですね。だから、あたしたちはあんまり長生きしないと思いますよ。こらぁ、どうしたって。だって、成長期にろくなものを食っていないんですからね。で、

「じゃあ、圓楽、おまえはどうして大きくなったんだ？」

って、云ったら、あたしゃぁねぇ、もっぱらなんかそこらのね、タンポポだとか、車前草《おんばこ》だとかね（笑）、蝦蟇の油みたいのを食ってましたよ。だから、草食動物が大きくなるって云うのは、あたしが立証してますよ（爆笑）。あんなものばかり食っていた。

糠《ぬか》ばかり、三日食ったことがありましたよ。お袋が、糠を炒ってくれましてね。

「これ、本当は、鶏に食べさしたいんだけど（笑）、あのう、お前が食べな」

って、云ってね（笑）。あれは、

「麦強し　口一杯頬張れば　云うに云われず　云うに云われず」

なんて、云いますけどね。あれ、糠を口に放り込んで、食い難いですよ。喋ると、バァッと出ちゃうんですね（笑）。しょうがないから、水で流し込むんですよ。それを三日続けたら、脚気が治っちゃいましたよ（笑）。ただ、あれ、具合が悪いですね。三日、糠食ってますと、朝早ぁ〜くに目が覚めるようになりますね（笑）。で、太陽見ると羽ばたきたくなりますね（爆笑・拍手）。嫌なもんですね。

その昔、太田道灌が、

「我庵《いほ》は　松原つづき　海近く　富士の高嶺を　軒端《のきば》にぞ見る」

その通りでしたね。もう、わたくしの家から、そうですね、見えるものは、浅草の松屋と、それから今度取り壊される国際劇場、そしてあと、丸ビルが少しあって、パッと富士山が見えましたもんね。そのかわり、昭和二十一年、二十二年、この二年間は隅田川でボラが釣れました。キレイになりましたからね、工場が皆、閉鎖しましたから。だから、あの頃までは、身投げをするのは吾妻橋なんてね、吾妻橋からバーンと身を投げる、そのくらい皆、水死ですよね、キレイだった。それが昭和三十年高度経済成長下では、吾妻橋から身投げしたら、水死じゃないんですよ。皆、ガス中毒死してるんですねぇ（笑）。汚くなっちゃったもんです。

え～、澄んだ川と書いて隅田川（澄田川）なんて云ったって云いますが、そりゃぁもう汚くなっちまう。

で、そういう廃墟の中で、（もう日本は駄目だろう）と思っていたのが、あれよあれよという間に、ウワッとこんなになっちゃうんでしょ。ですから、分からないもんですね。だから、絶望なんかしちゃいけないってのは、しみじみ分かりますよ。ですから、わたくしが噺家になった当時も、寄席は結構出来たり潰れたりしましてね。十二軒ぐらいありましたよ。

でも、どこへ行ってもお客が来なかったですね。（果たして日本に人間が居るかしら）と思うぐらい客が来なかった（笑）。

南千住の栗友亭《くりともてい》なんて云うところでも、やっぱり来なかったですね。あそこで演っているときに、

「リーガル千太万吉さんの弟子になりました」

と挨拶されたのが、今の※1三球（照代）ですよね、漫才の。そんな風で、何処へ行ってもお客は来ない。だから、その当時、早稲田大学の石川栄耀《いしかわひであき》教授が、

「もう落語界なんてものは、文楽、志ん生、圓生という大所が死んだら、潰れるだろう」

なんて云ってた。それが潰れるどころか、もう、昭和四十年以後は、その人たちが段々段々いなくなってから、客がバァッと来るんですからね（笑）。だから、分からないんです。

そらぁ、上手いと云ったら、あの人たちはズバ抜けて上手いですよ。今の連中なんかもう、まったく穴があったら入りたいくらい下手クソです。でも、上手い人が演ってたって来ない。だから、（こんな上手《うめ》え人が演ってて、何でお客が来ないんだろう）と、思いましたよね。ただ、違うんですね、やっぱり、その、現代人に、段々段々フィーリングが合わなくなって来るんですね。でも、何時の世もそういう時代があるんですね。

で、あたくしは師匠（六代目三遊亭圓生）に訊いたことがあります。

「こんな（お客が）来ない状態で、いつかやがて来るように、あたしはしてみせるって自信がありますけれども、なりますかね？」

って、云ったら、

「なるよ」

って、云うんですね。だから、あたしの師匠どもでも、皆、亡くなった（八代目桂）文楽さんでもねぇ、「上手えのなんの」って云いますけれども、あの昭和の初期に（柳家）金語楼さんが兵隊もので売り出してね、「山下ケッタロウ」なんてネタで売り出した。当時軍国主義が、ドンドンドンドン高まっているときでしょう。それで、あの人は軍隊へ行って、頭があの病気で禿げちゃってから、途端に売れたそうですね。それで、その兵隊生活を戯画化して表現して、それで売れたんですね。そうするともう、当時の文楽でも圓生でも、皆、（俺たちの時代は、もうダメなんじゃないだろうか）と思って、「金語楼を聴きに行こう」ってね、客席に回って聴いたそうですよ。それで、「彼が本当に上手かったら、俺たちはもう噺家を辞めよう」と……。で、聴いたら下手なんですって（笑）。「あぁ、下手だ」と、「こらぁご時世が彼をウケさせているんだ」と……。「ならば俺たちは、ちゃんとやって行こう」って、それでちゃんとやってった者が、今日、わたくしどもに遺産として遺してくれた訳ですね。だから、ちゃんと演る人は必ず居なきゃいけないし、それから脇のお客を呼び寄せる傍流もなきゃいけない訳ですわね。

明治の頃には、（初代）快楽亭ブラックなんて云う人は、「やっぱり圓朝は、上手い」とか、あるいは「圓喬は、上手い」とか、云ってますよ。で、この人は英国人でありながら、べらんめぇでね、喋りまして、自作のモノも随分あります。今のあの※2『試し酒』、あれは快楽亭ブラックが工夫したとも云ってます。そういう風にその創作力もありますしね。だから、快楽亭ブラックなんか、

「創作力無き者は、噺家に非ず」

って、断言してますね。それは、四代目の（柳家）小さんも、そう云ってます。やっぱりね、ただただ真似してちゃ、ダメだと、創作力がなきゃいかん、なんてなことを云ってますさぁ。で、まあ、その、ステテコ……、あのステテコって云うのは、特徴のある鼻の持ち主の（初代三遊亭）圓遊が、あれを着て「この鼻、捨ててこ」と云って踊ったから、ステテコって云うんですけどねぇ（笑）。

それから、大正末期の（初代柳家）三語楼。そして、昭和の金語楼。で、昭和の終戦後は、（三代目三遊亭）歌笑。でまぁ、三十年以後は、（初代林家）三平。こういう客寄せ組が必ずいつの世でも出て来るんですね。こうした奇知がお客を呼ぶわけです。お客を呼ぶ人は、これはうっちゃってもねぇ、「野に置け蓮華草」でね、どっかから出て来るんですよ。壊れた笊の中の鰻みたいにね（笑）。ああいうのは、育てようたって、育てられないです（爆笑）。

あたくしも噺家になった頃、まだ、三平さんが痩せていてね。よく『長屋の花見』やなんか演っておりましたがね、（なんて下手なんだろう）と思いましたよ（笑）。何だか、訳が分かんないの（笑）。声ばかりデカくてね。

「こんなぁ誰か来るだろうねぇ！　今度は順からいきゃぁ大家だねぇ！　そうだぁねぇ！」（爆笑）

何言ってんのか、分かんない（爆笑）。そうしちゃあねぇ、サゲを先に云っちゃって、

「スミマセエエエン！」

って、謝っている（爆笑）。……ふふ、（こんな人が一体何に成るんだろう）と

思ってましたよ。それが逆に、その、今でもそうでしょ？

こういう会ですと、ピシッと締まった噺を演って、噺家がもう集中力がなくなって、パッとミスしたりなんかするとお客さんは笑うでしょ？　特に「落語研究会」の人なんかは、それが顕著です。もう、聴き飽きてますからね。なまじミスすると、それが人間性と思うのか、それとも優越感に浸るのか（笑）、必ず笑います。だからねぇ、噺家も慣れて来るとワザと間違えたりしてね（笑）。で、笑いをとったりする人が出て来ますが。

そういうような、つまり脇の人は必ずどっからか出て来るんですね。ええ、あの、うっちゃっといて構わないんです。ただ、良い者はやっぱりね、育てなきゃダメですね。その良い者を育てようという趣旨が、この会なんですけど。おかげで段々段々育ってくる。やっぱり頑なな奴が必ず居なきゃダメなんです。もう滅茶苦茶にね。だから、大阪の（三代目桂）米朝、（六代目笑福亭）松鶴《しょかく》なんてのは、偉いと思いますよ、わたしは。まあ、そらぁね、文楽だの、（四代目三遊亭）金馬だの、圓生、志ん生、皆、大阪の角座へ出ますでしょ。そうするともう、お客はいっぱいですよ。あるいは、戎橋《えびすばし》松竹ね。で、あたくしも後ろから行って、

お供で聴いてますとね、もう、噺家が出て来ると大阪《むこう》の人はね、

「あっ、噺家出た、おもろないわ。観んのやめよう」

って、皆、観ないんですよ（笑）。そういうところでね、

「ようこそ、いっぱいのお運びで、相変わらず……」

なんて演ってんですよね（笑）。演ったって、相変わらずもヘチマもないですよ。だから黒門町（八代目桂文楽）なんかよく、一日目が終わると、

「はあ、もう東京へ帰りたいね」

って、必ず云ったもんです。そんな苦しい状態。だから、松鶴なんてぇのは、もうお父っつぁんの五代目松鶴が戦後に死んでしまう。それで、自分が未だ、今出た助三よりもっとキャリアが浅いぐらいでしょ。それで、お客と始終喧嘩してましたよ。

「あほんだらぁ、おまえらに落語がわからんのかぁ！」

なんてやってる（笑）。そうすると、はじめてお客はね、

「ああ、松鶴、怒ってるやぁ」

なんて云ってねぇ（爆笑）。だからねぇ、もう、どやさないと聴かないって

ねぇ、そういう状態の中で彼らはもがいてね。それで、吉本は漫才だけを育てる。「落語家なんか、ダメや」って云う中で、もがいてもがいて演って来るんでしょ。それで今日は、百八つって除夜の鐘ぐらいね、結構、（大阪の）噺家の数は増えたって云います。

まあ、そういう風になっていく。だから何時の世も誰かは必ず居るんですね。誰かが居なきゃいけない。だから、まあ、演ってればこの会の中から誰かがやがてちゃんとした「落語研究会」ってのも、また作って、今度はもう人になんか頼らなくってね、なにも放送局をスポンサーにしなくたって、あのユニットで出来ますからね。あの十分にやれるんです。今にあたしは、ちゃんとしたモノを作ろうと思ってますけどね。第六次の本当の落語の研究会をね。

まあ、やろうと思えば出来ます。ですけども、まあ考えてみると、今の人よりも、明治の人はやはり土性《どしょ》っ骨《ぽね》が一つ通っている。あれは何なんでしょうね？　あれはやっぱり若い時分に敗戦を知らなかったせいですからね？　明治の人ってのは。日清戦争、日露戦争に「勝った、勝った」でもってね。そういう中で育ったせいか、何か土性っ骨が通ってますね。あの、大正期の人は悲惨な青春時代を送っている。そして、敗戦ということで何となくこうグラグラグラグラして、信念の無い人が多いですね（笑）。どうも、ダメなんですよ。何か、弱い。ばちっとした、筋金が通ってないんです。だから、日本人は必ず「信念を持てよ」って、必ずある筈なんですよ。だけども、無いんですね、皆（笑）。グラグラグラグラしてる。

「まあ、いいやぁ。食えればいいやぁ」

なんてぇのが多いんですね。食えればいいんだったら、何も噺家になんかならなくたって、何でもいいんですよ。

東北地方から、何人かの有名な総理大臣が出ていますけど、その中の二人は、あたしは偉いと思いますね。原敬《はらけい》と高橋是清《これきよ》って人。中には、いけない人もいますね。東條英機なんてねぇ。こんなのは、まぁ、今、お子さんが三菱系の社長になったとか、あるいは、三男坊が自衛隊の隊長になったとか、生きてますからね。子供さんには別に、恩も恨みもありませんけども、東條はしまりがないですね。

戦陣訓なんて拵えて、自ら憲法を作った訳でしょ？

「生きて虜囚の辱めを受けず」

生きて捕虜になるな。だから、サイパン島なんか。バンザイ岬なんて、非戦闘員まで、「バンザイ」って云って、皆ぁ死んじゃう訳でしょ。横井（庄一）でも、あるいは小野田（寛郎）でも、皆、穴の中へもぐっちゃう訳ですね（笑）。生きて捕虜になるのはダメだから。その戦陣訓を作った当人が、MPが来るのに一ヵ月も余裕があるのに、死ねもしない。だらしがないねぇ、ありゃぁ。

そこいっちゃぁ、高橋是清なんて人は、昭和十一年の二月の二十六日。当時は軍隊が、満蒙開拓団と云って、満州やなんかに送り込んでましてね。そして、日本が土地が少ないからと云って、むこうへ進んでいるときでしょ。で、関東軍が、「予算よこせ」って云ったら、「そりゃぁ出せない！」……、総理大臣やった人が大蔵大臣になったんですからね。今の渡辺美智雄と訳が違いますね（笑）。

あの田舎弁丸出しで喋りゃぁ、朴訥だの正直だの、とんでもないですよ。あんなインチキ野郎、居ませんよ（爆笑・拍手）。今、あの考えてみると、栃木弁ですね。あの、ほとんどの人が、

「それはぁー、ナニナニをぉー」（笑）

って、云いますでしょ。あれ、栃木弁ですよ。だから、そういう風に喋るとね、（この人は、正直そうだな）と思う。ベラベラベラベラあたくしどものように喋っているとね、何となくね、騙されているような（笑）、猜疑心の強い人が多いんですよね（笑）。静かにね、「美濃部です……」って云ってねぇ（笑）、ああいう風に喋ると正直そうに思うんですね、皆。それで、借金残して参議院になっちゃってね（笑）。で、のうのうとしているんです。あんなのインチキなんです。でも、あの政治家だって、「大蔵大臣、辞めさせてください。歳入不足は、あたしの責任です」って云って、「辞めちゃいけないよ」って云われたら、「ああ、そうですか」（笑）。朝令暮改ですよね、正に正に。[※3]下田コミッショナーが、断を下して、もう、[※4]鈴木会長がグズグズしている。あれと同じですね。朝に令を発して、暮れに改めるって奴で。

そこへいくと高橋是清なんかは、「出せないものは、出せん！」って云って断る。途端に軍人たちが、「あいつは軍人の敵だ」って云うんでね。ダダダダって入って来て、

「高橋是清さん、起きなさい」

高橋是清が目を開けてみると、数人の青年将校が囲んでいる。もう「俎上の鯉」、さすがにあの頃の人物ってのは、ビクともしませんね。

「よし、殺《や》れ！」

布団の上に胡坐をかいた。是清って人は、幕末期にアメリカへ渡って、奴隷になりそうになった人ですからね、そのくらい、もう土性っ骨は据わってますから、

「殺れ！」

青年将校が、ひょいっと見ると、下帯一本。夕涼み、よくぞ男に生まれけり。あの男の褌ってのは、良い姿ですけどね。しかし、あの頃は未だ武士道が盛んですから、高橋是清程の人物を、下帯のまま殺すのは、これは無礼であると云うんで、青年将校が箪笥を開けると、手ごろな着物があったんで、それを取り出して、

「高橋！　これ（是）着よ（清）」

って、云ったそうですね（爆笑・拍手）。で、数人の人が殺されてしまう。これは、黙っている訳にはいかない。侍従長が、

「陛下、高橋是清はじめ、これこれの人間が殺られました」

と云うと、天皇陛下は血の気が失せて、真っ青になって、スゥーッと倒れそう

になった。侍従長が慌てて、

「陛下！　如何あそばせました？」

って、云ったら、

「朕は、重臣（重心）を失った」

って、云ったそうですがね（爆笑・拍手）。

まあ、あの、あんまり世間に行って喋らないほうがいいですよ（爆笑）、本当の話。

何れにしましても、昔の殿様なんかも、テレビなんかで観ると、キンキラキンの衣装を着てますけど、とんでもない。あんな衣装なんか、着ていないんですよ。だいたい殿様ってのは、昔は天然痘を凄く恐れましたんでね。治っても痘痕《あばた》になりましょう。ですから、八丈紬を着ていたそうです。従って、着物っていうのは、極地味なものを着ていた。でも、今のテレビは、たいていキンキラキンのね、三波春夫が着るような衣装をたいてい着てますよね（笑）。

また、あの男は、どういう了見なんですかね（爆笑・拍手）。云いたかないけど、云わなきゃ分かんないから云いますけどね（爆笑）。なんだか知らないけど、あの富士山の絵が描いてあって、そこへ波がダバァーン（笑）。あたしゃぁ、東映のマークと間違えましたよ（爆笑）。エライ衣装を着てますがね。

まあ、成れば成ったで殿様も、相当いろいろなことで気苦労があったそうですね。

酒井、榊原、井伊、本多、大久保と云う三河譜代の臣、これらは徳川の政権下において、大老とか老中とか要職につけました。元は豊臣に仕えていて、後に徳川の軍門に下った所謂、関ヶ原以後の外様大名は、もう江戸藩邸においても、気を遣ったそうですな。そらぁ、迂闊なことを喋って、公儀隠密に聞かれてそれを告げ口されると、お家改易なんてことになりかねません。

浅野内匠頭も、浅野の本家は土台「お寧々」の系統ですから、あれは浅野の分家ですからね、広島浅野の。従って、あそこも潰されていますが。まあ、何にしても、

「三太夫！」

「はっ、御呼びでございますか？」

「……そのほうに、お家の大事、相談事がある。が、しかし、壁に耳あり障子に

目ありじゃ。これにては、申せん。品川沖へ、舟を出せ」

「ははっ」

三太夫さんがせっせと櫓をこいで、品川沖へ舟を出しました。

「殿、これなれば、あたりに漁船の影もなし。いかなる大声《たいせい》を発しましても、決して人に聞かれる気遣いはございません」

「左様か……。これへ」

「は」

「実はな、屋敷の庭に豆を撒こうと思うが、どうじゃ?」（笑）

世の中にこんなバカバカしい話はない（爆笑）。たかが、豆を撒こうってのに、品川沖まで舟を出した。あまりのバカバカしさに、

「殿、左様なことは屋敷で申せば、こと足ります」

「そうでない。もしも鳩に聞かれるとマズイ」（爆笑）

実に神経を遣ったもんだそうですね。

〈注釈〉

※1……春日　三球・照代　「地下鉄はどこから入れたんでしょうね？」と云う地下鉄漫才で有名になった。

※2……『試し酒』の作者は、今村信雄。その原作を快楽亭ブラックが、ビールで演じたという説がある。

※3……下田武三（1907～1995）日本野球機構第七代コミッショナー。江川事件を収拾した。

※4……鈴木龍二（1896～1986）1952年から1984年まで32年の長期に亘ってセントラル・リーグ会長を務めた。

江戸、大阪、京都、奈良

一九八四年一月十七日　イイノホール
にっかん飛切落語会　第一〇〇夜『鹿政談』のまくら

いま、（春風亭）小朝の『景清』でございました。わたくしも、そこで聴いておりまして、まあ、しっかりしたもので……。けど、あの、この演出は、亡くなった（八代目）桂文楽師がああいう風にしましたもんで、あたくしの兄弟子にあたります（二代目三遊亭）百生さん、この方の演出は、土台が上方演出ですから、したがって、これ景清と題名にある通り、景清の目玉を入れちゃうんですね、彼に。

だもんですから、平家の豪傑と云われた悪七兵衛《あくしちびょうえ》景清、この目玉が入っちゃったから、さあ、定次郎はもの凄く強くなる訳ですね。それで、ある大名行列が来ますってぇと、その大名行列の横を突っ切る訳です。大名行列の端《はな》を突っ切られたんじゃ、これはもう堪ったもんじゃありません。当時は、無礼討ちでいいんですからね。

「無礼者め！　誰かあいつを捕まえろ！」

「心得ました」

ってんで、家来がワァーッとかかってくると、なにしろ景清の目玉を入れられたから、強いの強くないの。皆、ビャァーッと放り投げちゃうんですね。

そうすると、空中でもって侍同士がね、

「あんた、上りでっか？　下りでっか？」（笑）

なんて演る。そういうその、フフッフ、両方がね、てんでんに上ったり下ったりすると云う、そういう非常に戯画化した演出をとっておりましたね。それで、

「あんな強い奴は、何者だい？　ことによると、キ××イじゃないか？」

「いいや、眼違いだ」

と云うのがサゲなんです（笑）、ええ、本来の。

まあ、しかし、だいたいが考えてみますと、凄いもんだと思いますね。もう、今のアイバンクですよね。それを江戸時代に演った訳ですから、『景清』の目玉で（笑）。ですから、落語ってのは非常に先見性があるんですね（爆笑・拍手）。だから、そういう点までね、御覧になりますとね、凄いと思いますよ。

だって、噺に出て来る人物は、他のドラマや何かと違って、例えば、ご夫婦が出て来たって、大抵、おかみさんが強かったり、それで、ご亭主が世の中をついでに生きていたりでしょ（笑）。もう、現代を象徴してますでしょ？　常に、もう、そうなんです。時代を先取りしている訳ですね。だから、落語はナウいんですよ（爆笑）。あんなシンセサイザーなんて本来はダサいんです（爆笑）。あんなものは、昔から演ってたんです、ワザとね、お釜のケツをキィーッと擦ったり、そんな音なんです（笑）。

まあ、何《いず》れにしましても、物事とは、どんな良いものでも、何でも、流行り廃りというものがありますもんね。

まだ、東京を江戸と云った頃の名物は、

「武士、鰹、大名小路、生鰯、茶店、紫、火消し、錦絵、火事に喧嘩に中っ腹、伊勢屋、稲荷に犬の糞」

なんて、云います。これはまぁ、五代将軍綱吉の頃に出来たんでしょ。大阪の名物が、

「舟と橋、お城、惣嫁《そうか》に酒蕪《かぶら》、石屋、揚屋《あげ》に、問屋、植木屋」

京都の名物が、
「水、壬生菜《みぶな》、女、羽二重、みすや針、寺に、織り屋に、人形、焼き物」
古《いにしえ》の都、奈良の名物が、
「大仏に、鹿の巻筆、あられ酒、さらし、奈良漬、奈良茶粥、春日灯籠、町の早起き」

ってぇんですが、……この町の早起きが奈良の名物、何なんだろうと思って、お年寄りに伺いましたら、前《ぜん》には、鹿と云うものは、まあ、今でもそうですが、保護されておりましてね。で、特に幕府から餌料が下げ遣わされておりまして、非常に保護したんですね。で、鹿がドンドンドンドン増えていきます。

で、どうかするとその鹿が、町中に出て来ちゃうときがあるんですね。町中に出て来るだけで、何か食べるだけでは、それは良いんですけど、鹿だって心臓の悪いのは居ますからね（笑）。何か、こう、コトンとそこの場で死んじゃったりするんですね。そうしますと、夜寝ているうちに死なれたんじゃ分かりませんよ。で、開けてひょいっと鹿の死骸がある。この鹿が、そこの家の前で死んでいるということは、そこの家の人が真っ先に（鹿殺しの）嫌疑をかけられますから、

「おまえが殺したんだろ?」」

なんてなことを云われると、これは大変なことなんですね。ですから、「こりゃいかん」、何しろ鹿殺しと云うものは、その身は打ち首です。それから、罪は親類にまで及ぶと云うんですから、「こりゃいけない」ってんで、鹿の死骸をソォーッと隣の家の前まで持って行って(笑)、

「死んでますよ」

って、告げ口したりね(爆笑)。悪い奴が居るんです、世の中には(笑)。だもんですから、こんなことをやられちゃ堪ったもんじゃないですからね。隣の家も、またその隣の家へ持って行って(笑)、

「あそこで、殺ったそうですよ」

なんてなことを云う(爆笑)。で、順に順に送られますから、奈良は鹿の死骸を早く見つけよう、それが為に早起きが習慣になったってえ云いますがねえ。

権威を笑う

一九八四年十二月十八日　イイノホール
にっかん飛切落語会　第一一一夜『おすわどん』のまくら

お運びでお礼を申し上げます。

今日はあたくしは疲れ切っておりましてね。さっきも、（桂）歌丸がそう云ってたでしょうけど、つまらない番組にズゥーッと付き合ってた（笑）。だいたい噺家ってぇのは、人が喋っているときには寝ちゃうんです。あんまり人の話は聴きたくない（笑）。それがくだらないものを見せられましてね、もう、嫌んなりましたね。

んで、何だか、あたしが個人賞ってのをもらって、（何だ？）と思ったら、箱根一泊です（笑）。間抜けな賞をよこすなってぇんですよ。あたくしは、今時分ね、箱根は稼いでいるところなんです。あんなところへ行って、誰が、一泊行って喜ぶ奴あるもんですか。今どき、喜ばないですよ。あたくしはね、六ヶ所村とかね（笑）、今、持っているのはね、村長さんの名刺ばっかりですよ（笑）。そういうところに行ってるのにね、今さら箱根なんか行って、誰が喜ぶものか。そうしたら、人間ドックへ一日入れるとかね、そういうほうが、身体に良いんですよ、つまらねぇ。

まったく、あれバカバカしいですね。だから、日本テレビは視聴率をとれないんですね（爆笑・拍手）。今だって、報知新聞見て御覧なさい。毎週、日本テレビの全番組でベストが、『笑点』ですよ（笑）。あれが一番視聴率が高いんですもの。他は全部ダメです。日本テレビは、野球が無くなると弱いんですよね。だから、TBSやフジのほうへ持って行かれちゃうんですね。それは、もう、ダメなんです。あの野球があるためにね、いろんな番組が放送出来なくなっちゃうんですね。でも、つまらねぇもんですね、あんなもの。まあ、出てるあたしが（つまらねぇ）と思うんだから、観てるのは、よっぽどつまらないと思いますよ（爆笑）。

第一グロテスクですよ、すぐね、プロデューサーは名誉のためにね、我々を女装させるんですよ。考えてごらんなさいね、ここで。想像したってバカバカしいでしょ（爆笑）。一メートル八十あるんですよ、あたしは（笑）。これがこんな女装して、それでレオタード着て（笑）、トウシューズはいてるんですよ（笑）。そりゃあ、わたしは云わなきゃ分かんないから云いますけどね、アンナ・パブロワとかね、あるいはレスリー・キャロンとかに習ったわけでも何でもない。第一バレエを踊るのにね、若柳流の踊りの師匠を振付にしてる。何だか訳が分からないですよ（笑）。「アンドゥートロワァ」とか云うのなら分かりますけどね。何か「こんな手付きをしろ」とかなんか云うんすよ（爆笑）。ねえ、『白鳥の湖』なんか、かたち良くトウシューズで行きたいじゃないですか（笑）。それを、「♪ あれを御覧よ」って、ダメですよ、そりゃぁ（爆笑・拍手）。あれじゃ、ドサ芝居ですよね。バカバカしい。くだらないことをやらせるもんです。

あたしはね、一年の内の、そうですね、二百日以上、だいたい地方《よそ》へ行ってます。だからね、歌丸の奴は上手いことを云いましたよ。

「俳句を詠まねぇ松尾芭蕉」

だって。なるほど、そうかも知れませんねぇ（爆笑）。そりゃぁ。云い得て妙だと思いましたよ。

だけど、詠めないことはないんですよ。あたしはだってちゃんとね、それぞれの土地に行ったら、詠んでるんです。

「荒海やドサによこたふ天の河」

　とかね（笑）。したら、もう、先に芭蕉が似たような句を作ってんですね（爆笑）。だから、

「静けさや　土にしみ入る蝉の声」

　って作ったんですよ。したら、もう、芭蕉が「岩にしみいる」で、やっちゃってんですね（笑）。

「枯れ枝に　モズのとまりけり　秋の暮」

　ってやったら、「烏のとまりけり」がもうあるんです。だから、何やってもね、遅く生まれちゃって、損しましたね（爆笑）。

　まあ、何《いず》れにしても、面白いところが今もってありますよ。山口県に行きましたらね、幽霊峠ってのがあるんですよ。あたしは、不思議なところへ行っちゃった。その幽霊峠へ行くときにゃぁ、何故通ったかと云いますとね、その幽霊峠を越えましてね、島根県に入るんですよ。で、島根県のあれ、何とか村って云いましたかね、名前忘れましたね。こう、渓流沿いにちらほらと家が点在してまして

ね。だいたい、ウチのマネージャーは、百軒ぐらい家があると、「師匠、あそこで（独演会が）出来ます」

って、すぐ云うんですよねぇ（爆笑）。凄まじいですよ。だから、あたしはたまに東京へ帰ってくると、東京ってところは、日本にあるってことは知ってましたよね（笑）。だけど、たいてい通り過ぎてね、また、何とか村ってところへ行っちゃうんですよ（笑）。

この前なんかね、スケジュール表には、「松山」って書いてある。ドーンと松山空港に降りました。したら、空港から車が迎えに来てて、「今井浜」に行ったんですよ。

「ああ、ここかい？」

って、云ったら、そうじゃない。モーターボートがチャーターしてあって、それからまた行くんですよ（笑）。したらね、村上水軍の根拠地に行っちゃいましたよ（笑）。何だか、訳が分からない。あれ、今にね、どっかへ連れて行かれる気がしますね（笑）。

とにかく、そういうところへ行きましてね。そうしたら、村長さんが出て来て、ね。またそういうところへ行くとね、丁寧にもてなしてくれるんですよ。

「これはまたぁ、圓楽先生でぁぁ、ようこそ、」かようなぁ村にお越しいただいてぇ」（笑）

何てね、不思議な抑揚なんですね（笑）。で、この、……ウッハッハッハッハッハ、まあ、云っちゃ悪いけど、云わなきゃ分かんないから、云いますけどね（爆笑）。で、いろいろ村長さんと話をしましたらね、

「わが村はぁ、このうぅ、公共事業がないと、生活が苦しくなりましてぇ」

なんて、云うんですよ。

「へぇー、そうですか。じゃあ、あの、河川が氾濫なんかしたりすると、かえってお宅の村は潤うんですね」

「そうなんです」

って、云うんですよ。

「へぇー、そういうもんですか」

ちょうど、あたしの行ったときは晴天続きでね。それで、全村挙げて来ちゃうんですからね。だから、人口が一千人のところは、本当に千人来ちゃうんですよ。

それで、コミュニティーセンターなんてのがありまして、今、地方は凄いですよ。東京ですよ、どこの公会堂でもボロ汚いのはね（笑）。まあ、今やね、もう、地方へ行ったら凄いですよ。もう、マイナスシーリング、ゼロシーリングになるからって、いっぺんにバァーンと建っちゃったんです。コミュニティーセンターなんてね。凄いんです、その会館が。そこが満員ですよ。そして、その前の広場のところにね、やれ※1カルメ焼屋が出たり（笑）、金魚すくいがあったりね（笑）、お祭り騒ぎなんです。圓楽先生は大変なもんなんですよ、地方行《むこう》きゃぁ（爆笑）。東京でこそ、軽く見てますがね、もう（笑）。イイノホールのお客さんですよ、軽く見てるのは（爆笑）、……とんでもない。出るとこ出りゃ、圓楽先生ですよね（爆笑）。それでね、まあ、村長さん……アッハッハッハッハ（爆笑）、思い出してもバカバカしいんです（笑）。

あのね、これがね、そういうことがありましてね、帰りしなにね、

「せいぜい公共事業がありますように、お祈りします」

って云って、別れたんですよ。したら、二日後の新聞を見ましたらね、台風でそこの村ごと流れちゃった（爆笑・拍手）。公共事業どころじゃないですよ

(笑)。人が五人亡くなって、村ごと流れちゃった。だから、雨も降り過ぎちゃいけないんですね。

八岐大蛇《やまたのおろち》の伝説の横田町ってところへ行きましたよ。あれは、訊きましたらね、八岐大蛇の伝説は無いんですね。八人の大地主が居たんですね、昔の豪族ですよ。それがつまり八岐大蛇と云うことなんですね。あそこはね、砂鉄が出るんですね。で、良い刀があるんですよ。そういうところへも行きましたしね。

まあ、いろんなところへ参ります。その時に、山口県の幽霊峠、

「何ですか?」

って、云ったら、今もって幽霊が出るんです。ちょうど、あたしが行ったときは昼間ですからね、だから、出てこなかったですがね(笑)。あれが、夜になると必ず出るですよ。不思議なところがあるもんですね。

だけど、幽霊とお化けとは、元として違うって云いますね。お化けは無差別に出て来るんです。どこでも、これは。ところが幽霊と云うのは、まあ、良心の痛みですね、呵責。何か人を殺めたり、あるいは人のことを陥れたりなんかすると、(悪いことしたな)って、そういう気持ちが自然に相手が幽霊のようなもの

になって、この、出て来て悩ますなんて云いますがね。

安倍川町に、上州屋徳三郎と云う人がおりました。なにも、この、安倍川町でなくってもいいんです。稲荷町でも、田原町でもね（笑）。どこでも構わない。落語ってのは、そういうところは非常にグローバルでね（笑）、ええ。もっと言えば、アバウトなんです（爆笑）。金丸幹事長みたいなもんでね（爆笑）。

山梨県に行くとね、「あんなバカが、よく幹事長になったね」って、皆、云ってますよ（爆笑・拍手）。あれね、今だったら、どこの大学も入れないんですって。バカで有名だったんです、あれ（笑）。だから、人間ね、バカほど偉くなるんですよ。

あんまり小才の利く奴は、大物になれません。いい例が、談志ですよ。あの程度で終わっちゃうんです、あれね（爆笑）。ちょっと、利口ぶったことを云うのは、ダメなんです。だから、あたしなんか見ててごらんなさい、大物になりますよ（笑）。なんか、だから、この頃寝てんの。なるべく、こう、ボォーっとしてね（笑）。ああいう人が大きくなるんですね。

で、何も上州屋徳三郎でなくたっていいんです。これだって、越後屋伝三郎でもね、何でも構わない。だけど、物事は統一しないとね、あとでいろいろ名前が変わるといけませんから。で、上州屋徳三郎。

で、この人が、「おせつ」さんと云う、……また、「おせつ」でなくたっていいんです（笑）。「おつや」さんだって、構やしない。じゃあ。「おつや」さんで演りましょう、今日はねえ（笑）。この「おつや」さんと云う人が居る。

これは楽屋に聴かせているんですよ。「落語ってのは、こういう風に演っちゃえば良いんだ」ってことをね（笑）。お客さんより、楽屋が大事ですから（爆笑）。早く売れっ子が出て来て、（会場を）いっぱいにしてくれなきゃ困るんですよ。今御覧なさいな、寄席は閑古鳥が鳴いてますよ。

もうねえ、「（五代目柳家）小さん」てぇ、丸い顔したバカがいるでしょ？　あれがね、何か能書き云ってね、自分が偉そうにね、

「来るものは拒まず」

って、何を云いやがる。落語協会《あんな》ところ見事にぶっ壊してみせる、ぼくがね（笑・拍手）。ふざけんじゃないってんだ。笑わせるない。あたしはね、江戸っ子の意地がありますよ。あんな奴、江戸っ子じゃねぇんだ。長野の生まれだい（爆

笑)、何云ってやんだい（爆笑・拍手)。「桂文楽（八代目）が粋だ。粋だ」って、行き（粋）も帰りもありませんよ（笑)。あの人（文楽）は、青森の生まれですよ（笑)。あたしの家はどう調べたってねぇ、江戸時代からちゃんと浅草に、「助六寺」って云えばね、歌舞伎の役者だって、皆、九代目の団十郎だってお参りに来たぐらいの寺ですよね。ちゃんと筋は通っているんだ。行き（粋）も帰りもありゃしないんだ。それで、粋がりやがってね。「落語ってのは、江戸の芸だ」って、ふざけんな。今、どこへ云ったって、皆、知っててくれますよ。そんなちっぽけに考えちゃ、いけないいんです。で、手前がお山の大将になって、「俺のとこへ来い」って、誰が行く奴あるもんですか。人に尻尾振ってなんか行くもんか。自分が身を引かなきゃダメですよね、ものをまとめるためには。

「俺は辞めるから、あんたがやってくれ」

と、それなら誰でもね、一緒になります。ものごとってのは、そういうもんですよ。

まあ、何れにしても、この上州屋徳三郎……（爆笑・拍手)。

〈注釈〉

※1…… 飴を発泡させた砂糖菓子で、サクサクした歯応えと濃厚な甘味、カラメルのような焦げ砂糖の香ばしい風味がある。ポルトガル語の「甘いもの」(caramelo)を語源とする。

呑気な人が長生きをする

一九八六年一月一八日　イイノホール
にっかん飛切落語会　第一二四夜『錦の袈裟』のまくら

この前でしたか、敬老の日に埼玉県の飯能《はんのう》と云うところに呼ばれまして、そこでいろんな人が出るんですが、誰が出ても拍手も無きゃ、笑いも何にも無いんですね（笑）。で、体育館です。ここ（旧イイノホール）の倍ぐらいはありましょうか。で、埼玉県下の養老院から、バスで皆さんおこしになっていらっしゃる。それにしても、何の反応も無いんですね。場所が場所なんてね、洒落ている場合じゃない（笑）。（おかしいな）と思いましてね（笑）。

で、あたしどもは、（高座に）出る前に、袖からお客席を覗くんですよね。（今日は、何を演《だ》ろうか？　どういう噺がいいか？）と考えるんです。この会は、演目《もの》は、出してありますよ。日頃は出してありませんからね。そのお客様を見て、噺を決めないといけませんから。ところが、遮蔽してあって見えないんですよ。で、まあ、あたしがトリだったものですから、出まして、ひょいと顔を上げたら、拍手も笑いもない訳ですよ。

全員、寝てんです（笑）。それがね、眠くて寝ているんじゃないんですよ。あとで分かったんですけどね、平均年齢七十五歳以上なんです。かなりのご年配の方で、皆さん、もう、座ってられないんですね。それで、寝てるんです（笑）。で、鼻から管が通っている方がいるんですよ。中には、点滴を受けている人もいる（笑）。で、ところどころに若い人がいるんです。その若い女性は、看護婦さんですよね。表には、救急車が三台待ってる（爆笑）。だから、笑うと管が飛び出して、「死んじゃう」と云う（爆笑）。手ぇ叩けば、点滴が飛んでっちゃう（笑）。だから、もう、寝たまんまですよ。あの時ばかりはもう、何を喋っていいのか分かりませんでしたね。ですから元気なことって、何よりもいいんでしょうね。

わたし、昨年勧められまして、どうしても人間ドックに入れって云われたんですよ。いやぁ、別に何の症状もないから……、時々喋り過ぎて喉が痛むことがありますけどね。まあ、そんなものは、ちょっと黙っていれば治ることですから。何でもないと云ったの。そしたら、「いやあ、もう、入んなさい」って、赤坂の前田外科に無理やり入れられちゃった。どこが入れたかって云うと、住友銀行が入れちゃった（爆笑・拍手）。あたしゃ、行きたくなかったんですよね。だけど、「あんた、あと二十年生きてろ」って、云うんですよ（爆笑・拍手）。（借金を）返し終わるまで、生かしとくんですよね、あれ。あれ。あたしは、今、銀行に保護されているんですよ。大層なもんですよ。SP付きですからね。

だけどもあんなところに入って、あたしは、しみじみ（嫌《や》だな）と思いましたのはね。胃の検査をするのはS先生という方で、この人は、アメリカのレーガン大統領も診た人だったそうですがね、「日本で二番目に上手い」って自負してましたよ。で、「一番は誰だ？」って云ったら、「知らない」って云ってましたがね（笑）。粋な先生ですよ、二番目に上手いって云う。

で、とにかく「俺を信頼しろ」って云うんですね。なるほど、上手いです。麻酔を打ちましてね、喉をバカにしておいて、で、バリウムみたいのをちょっと飲みます。で、マウスピースみたいのをね、ポンとはめますとね、そこからツゥーッと通して、何か喉の辺りがゴソゴソって感じがしますが、それで胃を診る。この頃は、モニターで観れるんですからね。で、「御覧なさい。あそこのところね、胃潰瘍が二か所ばかりありますよ。だけど、一ミリぐらいだから、まあ、薬で治るだろうなぁ。治んなきゃ、切りましょう」で、あとで耳かきみたいな器具で取りましてね。

「がん細胞はないから大丈夫だよ」

って云うんですね。五分ぐらいで済んじゃうんですよ。だから、そんなものは楽なんですがね。嫌《や》だったのはね、痔の検査ですよ（笑）。全部やるんですからね、すべて。あの前田さんっていうのはね、それが専門なんですよ。

「圓楽さんが、これから痔の検査をやるぞぉぉぉ！」

って、大きな声を出すんですよ（爆笑）。とね、あの姿ばかりは、見せたくないですね（笑）。分かるでしょ？　こういうねぇ。脚を上げてぇ、それでパンツ脱がされてね。看護婦さんが、皆で見に来るんですよ（爆笑・拍手）。で、あたくしどもは職業ですから、何とも思いません。とは云うものの、嫌ですね。あんなところは、本当に誰にも見せたかないですよ。しみじみあの時ばかりは、（これからは、もう人間ドックに入るのは止そう）って思いました。

けど、やっぱり元気な人ってのはなんかね、日頃から呑気ですね。S先生って方が云ってましたがね、

「圓楽さん、長生きのコツはね。『タバコ吸うな』とか、『酒飲むな』とか、くだらねぇことばかりを云うけど、そんなことはどうでもいいんだ」

と、

「吸ったって、飲んだって、生きる人は生きるんだ。ただ、一番大事なことは、些細なことを気にするな。ちっぽけなことを気にしてね、ジクジクジクジク、あでもない、こうでもないなんて云ってるとね。病は気からって云うんで、どんどん悪くなる」

って、云うんです。だから、今日本でね、百歳以上の方が、千七百四十名、ざっといらっしゃる。で、そういう方々の残らずじゃないですけど、その先生が訊いてみましたり、調べてみますとね、ほとんどが呑気だっていうんですね。やっぱり長生きする方はそうなんです。

なるほどね、云われてみると徳之島の泉重千代さんなんかそうですね。今年、

満百二十歳でしょ？　慶応元年の生まれです。ちょん髷時代に生まれて、まだ生きているんですからね（笑）。西郷さんの西南戦争なんか知ってるはずですよ、あの人はね。だけども、実際には知らないんでしょうね。日本はズゥーッと何にもしないで来たと思っているんでしょ（爆笑）。ええ、そうなんですよ。徳之島から出たことが無いって云うんですから（笑）、だから空襲だなんて云ったら、「何だか、上ぇ飛んでら」ってもんでしょうね（笑）。で、生きちゃったんです。で、最近もみ上げが黒くなっているんですよね。歌（丸）さんに少しやりたいぐらいですよ、あれ（笑）。「歌さんに、もみ上げに持ってらっしゃい」ってなものですよね（笑）。

それで、訊くほうも訊くほうだと思いますがね、

「泉さん、あなたのお好みの女性は？」

って、訊いてるんですよ（笑）。したら、

「わしゃぁ、甘えん坊だから、年上の女が好きだ」（爆笑・拍手）

いま、世界中探したって居ないんですよ（笑）。だから、あんな調子だから生きちゃうんでしょうね。だから皆さんも。笑ってらっしゃいよ、本当に（笑）。

　あのねえ、笑うということは、その先生が云ってましたがね、横隔膜を刺激しましてね。で、心臓、腎臓、肝臓、脾臓、肺臓と、五臓の働きを活性化するんですってね。で、拍手するってのは、これは血液の循環を非常に良くするんです（爆笑・拍手）。だから、拍手してね（拍手）、わぁーっと。それで、わぁーっと笑ったでしょ？　もう皆さん、十年長生きしちゃった（笑）。……そんなもんですってさ。

　だから外国人がむやみやたらに芸人や、あるいは芸術家とでも云うんですかね、すべての人に対して、こう、わぁーっと拍手しますよね。で、彼らはカーテンコールがありまして、何時までも何時までも叩いているでしょ。あれは結局ね、長いこと座ってますとね、やっぱり血液が下へ行きますから、それで手ぇ叩きながらね、循環を良くしているんです（笑）。あれ、自分の為にやってんだ。そういうものなんですね。

　だけどこの頃は、楽屋に来たって、色っぽくはないですよ。髪の毛がどうだとかね、胃は大丈夫だとかね、病気の話ばっかりしててね（笑）。うん、……薬は何を飲んでいるとかね（笑）。前《ぜん》には、ちょいと集まりゃねぇ、

「どうだい、おい？」

何てなことを、云ってたもんですよ。あたしなんか、云いたかないけど云わなきゃ分かんないから、云いますけどねえ（爆笑・拍手）、『宮戸川』のオジサンみたいなもんでね、「女払い棒」を持って歩いていたぐらいで（笑）、ええ、もう、今はダメですよ。ダメになったからね、これからは、もう、バカ堅いことばかり云おうと思ってんの。

「遊んじゃいけない！」

とかね（笑）。

「飲む、打つ。買うなんて、とんでもない」

※1菅原通済《つうさい》みたいになろうと思いましてね。あれも、いい加減なオジサンでしたよ。若い頃はさんざっぱら遊び呆けてね。それで晩年はテレビへ出て、三悪追放なんて、あいつの身体全体が三悪だったたんですからね。あーりゃぁ、いい加減なもんですわ。

※2神近《かみちか》市子さんでも何でもねぇ、皆、そうですよ。若い時分は、※3大杉栄《さかえ》と浮名を流したり、様々なことをやって来てね。それで、お歳を召すとね。もう、

あがっちゃうとね……（笑）、もう……いいです、分かっていただければ、あのう（爆笑）。もう、あがっちゃうと、「男は」何てなことを云い出すんですね。だけど、こう、色っぽい噺ってのは、聴いても何しても、楽しいものでね。

〈注釈〉

※1……菅原通済（1894～1981）政界の黒幕と呼ばれた実業家。三悪追放協会を組織し、売春対策審議会では会長を務めた。

※2……神近市子（1888～1981）社会党議員の頃、売春防止法の成立に尽力し、昭和三十三年三月三十一日に吉原が消滅した。

※3……大杉栄（1885～1923）明治・大正期における日本の代表的なアナキスト。

善人があるので亀がむごくされ

一九八六年三月十二日　イイノホール
にっかん飛切落語会　第一二六夜『佃祭』のまくら

いっぱいのお運びで、ありがたくお礼申し上げます。

このう、何か人間というのは、生きているうちに良いことをしろって、よく昔の人は云ったものですね。何かしておきますと、必ずいい報いが返ってくる。まあ、こういうことを云います。例えば電車に乗りましても、ちょいと人様に席を譲る。うんまあ、これだって、たいへんに良いことなんですね。お年寄りがお立ちになってらしたら、「どうぞ」ってなことを云う。

ところが、この頃はそうはいきませんですね。シルバーシートに平気で若い人が座っていて、お年寄りが前に立つと死んだふりなんかして（笑）。立つどころじゃない。

それで、「どうぞ」って席を譲る。まあ、中には居ますわね。で、やっぱり、ああいうときには譲られた人も、「ありがとうございます」って云って、こう、座るべきですよね。それがどうかすると、何も云わずにぴょこんと座っちゃって、で、譲った人は前の吊り革にぶら下がっている訳ですね。で、さて、このお年寄りが降りるときに礼を云うかなと見てましたら、云わずにスッと行っちゃうんですよね。まあ、ああなると、なんか……、ハッキリ云うとボケちゃってる（笑）。まあ、良く云うと、桃源郷に遊んでいるような気分なんでしょうね（笑）。スゥーッと消えちゃう。で、あたくしは、その若い男に訊いたんですよね、

「君、腹がたたない？」

って、訊いたら、

「たちません。別に礼を云われようと思って、席を譲った訳じゃありません」

これが本当の親切なんですね。何か見返りを求めるものは、本当の親切じゃないって云います。

以前、両国に「放し亀」ってのがありましてね。これは、まあ、お彼岸なぞ、……もうじきお彼岸ですけども、お墓参りをする折に、このぅ亀を買いまして、そして隅田川へ流す。まあ、その時分は隅田川はきれいなものですから、そこへ亀を放してやる。と、生き物の命を助けた、仏様に供養したと、こういうことに

なる訳ですね。

「親父さん」

「いらっしゃいまし」

「あのぅ、俺ねぇ、これからねぇ、『放し亀』しようと思うんだ。このぅ大きい亀、これ幾ら？」

「……お目が高いですね。どちら様も必ずその亀に目をつけて……、これは、柄が大きゅうございましょ？　十六文でございます」

「十六文……、へぇー、蕎麦一杯《いっぺぇ》の値か……。いい値だね。亀とも云えねぇな。十六文か……。おう、親父さん、ここに居る小せえ亀は幾らだい？」

「ああ、それなれば、八文で結構でございます」

「八文？　半値じゃねえか。よし、買った！」

ってんで、八文払って小亀を持って行く。

「亀よ、二度と人間に捕まって不幸な目に遭うなよ。さあ、自由になれ」

と云って、バシャーンと大川に放してやって、（ああ、いい供養をした）って
んですが、これは「善に似て善に非ず」って云いますね。

何故かって云いますと、確かに八文で買われて放された亀は、これは自由になって喜んだ。ところが、考えなきゃいけないのは、端《はな》ぁ、値段を訊かれた十六文の亀の気持ちになってごらんなさい（爆笑）。堪ったもんじゃないですね（笑）。（助かるかなぁ）っと思ったら、ダダァーンとね、こういっちゃう（笑）。天国から地獄へ落とす。ですから当時の川柳に、

「善人があるので亀がむごくされ」

なんてなのがあります。まあ、そういうことでしょうね。だから、何が親切で何が不親切かって、なかなか難しいことなんですが、何れにしても、まあ、陽気が良くなりますと祭りが盛んになります。

江戸の三大祭とてぇますと、日枝山王、そして神田、あたくしはその次に来て、三社とこう来るのかと思ったら、そうじゃないんですね。深川八幡だそうです。でこれが江戸の三大祭としてありますが、しかし、もう一つ例外がありまして、これは佃祭。住吉さんでございます。

何故佃祭が一際目立ったかとてぇますと、あれは船で行かなきゃなりません。従って、当時の人は、ほんのちょいとでも船に乗っていくと、何か異国情緒を味

わえたんでしょうね。また、佃気質《つくだかたぎ》という独特の気質がありますから、そこへいって何とも云えない愉快なお祭りを楽しめたと云いますがね。

しかし、まあ、船というものは怖いもので……、あれ一つひっくり返りましたらね、板子一枚下は地獄ですから、なかなか泳ぎを知らない当時の人々にとっちゃぁ、大変に怖いものだったそうです。

「落っこちが　あるので　わたし　怖くなり」

「落っこったぁー！」

と云うと、大変なんです。

ですから、お芝居なんか観ておりますと分かりますが、お芝居で、例えば、『小猿七之助』なんか演りますね。そうしますと船頭が出てまいります。この船頭になります役者は、必ず半纏を着て、そして、今度お芝居を御覧になったら、見てください。あれをきちっと固く結んでありましたら、(ああ、あの役者《ひと》は、船頭さんの了見を知らないな)と思って結構です。船頭てぇものは、半纏を羽織りますと、この三尺をですね、キュッとなって、ツッと挟むんだそうです。何故ならば、もしもお客様が川へ落ちたりなんかしますと、小指でこの帯をピーンと撥《は》ねるんですね。小指でも、ポーンと持ち上がります。と、半纏はザッと取れますから、それで、ドボンと飛び込んで助ける訳です。

だから、あたしども、子供の時分によく吾妻橋の橋の上から、水泳の稽古するときに、やったもんですよねぇ。ダァーンと飛び込んでね。で、頭から飛び込んじゃいけないんです、胸を（水面）打つんです。ええ、頭から飛び込むと、溺れている人が見えなくなっちゃうんですね。目的が分かんなくなっちゃう。ですから、胸を打って顔は目的を見ながら、そして助けろと云うんですね。

それをあたくしは、長いことやってましたらねぇ、慣れてくると出来るものですよ。あれ、飛び込みますとね、たいてい、頭が丸まってね、下へ着く頃には、背中を打ちます。飛び込みって、たいてい、そういうもんですよ。ですから、ピエエエッとジャンプするように頭を上げんですね。そしてこのまんま落ちていって、バァーンと胸を当てる訳です。これが上手くなったら、とどのつまりが結核になっちゃいましてね（笑）。

で、それが為に、噺家になって今日の栄光がある訳ですから（爆笑・拍手）。ええ、何の栄光なんだか、分かりませんけどね。まあ、何れにしても、そういうようなバカなことを以前はやったもんですよ。

ですから、それがまた、逆の意味にでも解釈《とった》ようですね。ええ、「落っこち」と云うのを、「イキが良い」って意味にとった。

「あの人ぉ、ちょいと小指《これ》に落っこちだよ」

てなことを云う。つまり、女が出来たってぇことですね。これが、落っこち。

「あなたぁ、近頃、落っこちでしょ？」

「ハッハッハ、それほどでもないんで……。ちょいとあなたどうです？　一杯行きませんか」

って、誘ったそうですな。「落っこち」と云うのは粋な意味に、通用したんですね。ところがこりゃぁ、人によりけりでね、とび職の棟梁《かしら》にこんなことを云ってはいけません（笑）。

「棟梁《かしら》ぁ、今日は落っこちだねぇ」

「バカ野郎！」

何てなことを云われますね（爆笑）。

プロの覚悟

一九八七年一月三十日　イイノホール
にっかん飛切落語会　第一三六夜『阿武松』のまくら

毎回のお運びでお礼を申し上げます。

いまここに来る前にちょっと三時間ばかりありましたから、『ハスラー』のパート2を観て来ましたんですがね、もう、ほとんど観客層を見ておりますと、あの『ハスラー』が二十五年前ですから、まだ主演のポール・ニューマンが三十代です。今はもう、ポール・ニューマンも六十二歳ですから、したがって、ラストシーンで彼が真剣に勝負をしようってんで、パァッんとやりましてね、そして、「ファースト・エディのカンバックだ」って、叫ぶところで終わるんですけど、ちょうど二十五年前と云いますと、あたくしが真打になった年です。昭和三十七年。ですから、あたくしハッキリ覚えておりますがね、その頃、ここいら界隈で、……虎の門とか、溜池、六本木、霞町、赤坂界隈で、あたくしを知らないのは、潜りだって云われたんですね。……麻雀で、ですよ（笑）。

その頃は、あたくしは、麻雀のハスラーと云われたものです。賭け金が小さい

と負けるんです。で、デカいとポカンと勝つんですね。だから、

「噺家になってお金に不自由したろう」

って、云われるんですが、あたくしはあんまり不自由したことがないです。

いつもお金持って云われてました。だから、楽屋で前座が、皆、驚いてましたよ。(着物を）脱ぎますと、時々バァーッと（お金が）落ちるんですよね（笑）。ワザと見せたってこともあるんですがね（笑）。ですから、楽屋の連中は、まあ、あたくしと同期の連中は、「ちょっと麻雀やろう」、「トランプやろう」と云うと、皆、一万円札出して、

「これで勘弁して」

って、皆、直ぐ云うんですよね。もう、それが嫌でやめました（笑）。それくらいでしたよ。やればどれほど獲られるか分かんないから。

これはもう、時効ですからね、遥か昔になります。みんなして、大阪に行きましたときにね、大阪でもって、もう、歌丸が凄くウケてましてね。トゥエニイワンって賭博《やっ》なんですよね。トランプの21。五枚引いて、21ジャストですとね、五倍付けなんですよね。そのトゥエニイワンをやってましてね。作家連中は、ドボ

ンなんて云ってましたけど、我々はドンピンとも云ってました。それで、これをやってましたら、もう、歌丸が親でドンドン……、あれどのくらいありましたかね、もう、あの時分で何百万単位であったでしょうね。こう、ダァーッと山なんですよ。

で、あたしは酒を飲まないですから、フラッと戻って来たら、皆、やってる訳ですね。

「じゃあ、入れてくれ」

って、やったら、ポンポンポンッと二、三回続け様にとられちゃったんですよ。で、もう、ラストだって云ってね、一遍に五十万はったんですよね。で、歌丸もビックリしました。で、パッパッと札を配りましたらですね、あいつの札が今でもはっきり覚えています。ダイヤのキングがひっくり返っていて、一枚は伏せてあるんですよ。親ですからね。で、あたくしの手と云ったら、ハートのキングとね、2なんです。これ土台、ピンニドンドンと云いましてね。もう一丁と云うと、絵札が来て、21以上になっちゃうでしょう。22、そうすると、バレる。これはもう、無条件で負けで、親に二百万円払わなきゃならないんですよ、倍の。

ピンニドンドンって一番間抜けな札なんですよ。

ですけど、（ここが勝負だな）と思うから、……これで勝負出来ませんからね、向こうは絵札がひっくり返っているんですから。で、絵札とエースですと、もう、無条件で子供は全部とられるわけですよ。で、無条件でとらないところを見ると、あたくしは、（違う。絵札だな）と睨んだんです。伏せてある札が。そうすると、20ですから。それから、「もう一丁」って、三枚引きましたら、これが5が来たんですよね。こんちゃん（林家こん平）は、知ってるはずですよ、見てたからね。うっふっふ、あれも入ってましたから（笑）。

で、5が来て17。17じゃ勝てませんから、「もう一丁」って云ったら、これは3が来たんですよ。4丁引きで。ちょうど、ジャスト20でしょ。20で同目ですと親のモノなんですよ。

これで、場面を見ましたらね、大勢でやってんですから。エースが二枚ひっくり返っているんですよ、他の場面で。（あと、二枚。残りの中のあと二枚）それに賭けた訳ですね。エース以外はダメなんですから。

「もう一丁」って、5丁引いて、ツッて見たら尖《とんが》ってるんですね、これが

（笑）。それからは誰がどうやったって、みんなこっちへ来ちゃうんですからね。ですから、そこが勝負どこなんですね。ここが勝負なんです。

だから、あたしなんて噺なんて、万度《ばんたび》一所懸命演ったことが無いです（爆笑）。当たり前ですよ、プロですもの。で、野球の選手を御覧なさいな、あんなもの。妙にプレッシャー、プレッシャー、プレッシャーってバカの一つ覚えみたいに云ってますがね。あんなのは実力がまるでない奴が、必ず打とうとするからプレッシャーがかかるんですよ。二百パーセントの力を持っていれば、百パーセントは出るんですよ（笑）。力のない奴がやるから、プレッシャー、プレッシャーなんて……。

ゴルフなんかね、プレッシャー、プレッシャーって、バカみたいですよ。人間なんて、飛んで来るモノだって打てるんですよ（笑）。

それで野球の選手なんか、四の一を打ちゃぁ、二割五分でしょ。二割五分で、結構、「意外性の男だ」、※1「山倉だ」なんて云ってられるんですから（笑）。あんなものは、「ナマクラ」ですよ（爆笑）。噺家は四回に一回、上手くたって三回下手ですと、「ダメ！」って云われるんですよ。だから、常に噺家は上手くなきゃいけないって云われるんですが、冗談じゃない。近頃は野球並みですよ、こっちもね（爆笑）。そんな万度力を入れて出来るものですか（笑）。力を入れるのは、独演会でいいんですよ（爆笑）。自分のお客のときは、しゃっきり演りますよね（爆笑・拍手）。そりゃぁ、（今日なんて）あたしが好きでなくて、来ている方がいらっしゃるんですから、そこで一所懸命演ったって、無駄な苦労です（笑）。だから、演りませんよ（爆笑）。

で、ゴルフもね、実家《ウチ》は寺《これ》ですからね、坊主どもで友達が居ますから。「やろう」って云うんでね。で、行きましたよ。あれは、何年前でしたかね……。ウチのすぐにビックゴルフって、ネットがあるんですがね、そんなもので稽古しなくたって、あんな飛んでるものを打てるものを、自分で置いた球を打てない訳がないでしょ？　ですからね、ドライバー一本持って行きましたよ（笑）。小松原三夫さんがね、「ねえ、大古《おおこ》プロ」なんて云ってるんだけど、「大古さん」なんて聞いたことがないんです、あたしは（笑）。何だか知らないけど、「大古プロ、大古プロ」って云うんですがね、訊いたら上野の池之端で、レッスン・プロをやってんだってね。で、賞金獲得二万円だそうですよ（笑）。まあ、（プロを）やってんですけどね（爆笑）。スタンスだのね、フォームだの、ヘッタくれも何でもないんです、あんなもの。何でもああいうものは、腕力さえあれば勝つんです（笑）。

　ガキの時分からね、剣道やなんかやってますからね、腕力あると勝ちますよ。バターンと、力のある奴にやられたらね、竹刀なんか落ちますよ。腕力ですよ。だから、落合（博満）がいみじくも云ってましたでしょ。日本の野球の選手なんて、どんなに努力したって、大リーガーに勝てやしない。生涯勝てない。違いますよ、基本的に。ファーストフードのマクドナルドなんかでね、あんなフライドチキン食べているのと訳が違うんですから（笑）。

　食べ物が違う、その上奴らは野球だけやっているんじゃない。水泳も出来れば、テニスも、何でも出来るんですよ。スキーでも何でも。で、すべてやった上で、選んで野球の選手になるんですから。だから、大リーガーが来日した昨年なんか、凄かったでしょ？　座ったまんま、スナップスローで、ボンっと投げて、セカンドランナーを刺しちゃったでしょ？　日本の選手なんか、手が温まんないとかね、すぐユマキャンプから帰ってくると、日本は寒いからまた元へ戻ったって、じゃあ、行かなきゃいいじゃない（爆笑・拍手）。

大リーガーなんか行って御覧なさいね。モントリオール・エクスポズなんて凄いですよ。モントリオールなんて、カナダでしょ? だから開幕期は日本と同じですよ。氷がはってますよ。まるで、アイスホッケーですよ。そこでバンバンやってますよ。だから、ランナーがね、ファーストを出発した途端に、パァーっと滑ると、セカンドまで滑って行っちゃう(笑)。こんな風ですよ。そこで、肩が冷えるのヘチマもない。バンバンやっている。で、ダメな奴はクビ。それで終わりですよ。それで、ボカボカ打ってますよ。肩が冷えるの温まるのね、自主トレーニングだの、ヘチマだの、そんなことはやらないです。下手なら、辞めろ。上手けりゃ、高給がとれると云うことですね。

だから、一人でいるときに皆やってますよ。一人でいるときにやらないで、何でも参加して、こんなくだらねぇ。エアロビクスなんて、こんなことやって、バカみてぇ(笑)。だから、日本のプロ野球って幼稚園ですね(笑)。

「♪　今日も楽しく出来ました(笑)　それでは皆さま　またまた明日　バイバイ」(爆笑)

なんて、云ってね。これはウチの近所の幼稚園の園歌なんですけどね(爆笑)。

プロらしい奴は、居ませんね。落合ぐらいですよ、精々プロと云えるのは。本当にね、それがやっぱり言い切れるという奴は、それだけやっているんですよ。やってなきゃ、言い切れるものじゃないです。で、ちょいカタチばかりが、スコンと上手いとね、「ありゃイイの、悪いの」とね、そんなものじゃないです。それで多くの評論家の人が、相撲観たってなんだってそうでしょ？「ああでもない、こうでもない。富士桜は良かった」とかなんとか云って。富士桜はイイったって、あの人は関脇までにしかいかないでしょ。あれだけのワンパターンでもって、そこまでしかいかないんですよ。大鵬はね、あたくしが大鵬を誉めたら、「大鵬には、形が無い」って。冗談じゃない、無形の形ってのがあるんですよ（笑）。

「先の出様で　鬼でも蛇にも　なります神でも仏にも」

でね、もう先様の出様で、パッパッパーっとありとあらゆるものに対処しうる態勢、そういう形。形のない形ってのがあるんですよ。そうでなきゃ、本物の強さじゃないんですよ。でね、「自分の形にはまりゃぁ」って、当たり前じゃないですか？　私を贔屓にしているお客様の前で喋ってウケたって、当たり前の話で

すよ。嫌いな奴でも、

「あの野郎、今日はやったね」

って、云わせるぐらいの力がなきゃぁ、本物じゃないですね。

だから、ゴルフなんか、行きましたらね。ポァーンッとやったら、二百五十メートルぐらいすぐに飛びましたよ（笑）。端っからそうでしたよ。腕力ありますからね（笑）。……ただ、あたしの打った球は小鳥のようでしたね。林から、林へと（爆笑）。何故か無暗に芝生を嫌いましたね（爆笑）。それで、好きなのは、池なんです（爆笑・拍手）。これねぇ、松尾芭蕉が居たら、喜んで俳句詠んだでしょうね（笑）。

それで、何回か打ちました挙げ句に、ウチのマネージャーの藤野ってのは、これはゴロを打つんですよ（笑）。……ゴロですよ（笑）。そいつに負けるんですよ、あたしが（笑）。というのは、あたしのは飛び過ぎるんですよ。何でも、二百五十メートル以上飛んじゃうでしょ。それで、やっとの思いで、グリーンってとこに上げましたよ。また、ドライバーで引っ叩こうとしたら（笑）、キャディーさんが流石《さすが》に見かねましてね。

「師匠、こういうところはパターで打つんですよ」

って、こんなちょこんとしたのを貸してくれましたよ。

「こりゃ、どうすればいいんですか?」

って、云ったら、

「あの穴に入れるんです」

訳ないじゃないですか、あんなもの。それで、無暗にプレッシャー、プレッシャーなんて云ってね。それでね、何だか知らないけど、プロたるものがですよ、丹下左膳みたいに、パターを片手に持ちやがってね（笑）、バカ野郎（爆笑）。何をしてんだ（笑）。中にはね、素振りしている奴がいる（爆笑）。バカの見本市ですね、あれ（爆笑）。あたくしどもは、楽屋で稽古なんてしてませんよ。普段やってるもの（笑）。そんなところに来て、稽古なんかするバカあるか、本当にね。プロが。プロはひそかにやるもんですよ。それでね、芝生を気にしちゃって、日本人って神経質なんですね。芝生は芝生じゃないですか。「やれ、これは高麗芝だ」、「やれ、これは東芝だ」とか、いろんなことを云ってね（爆笑・拍手）。あんなもの、どうでもいいんですよ。あたしは欲がないから、十メートル以上ありましたよ。バァーンっとやったら、入っちゃいましたよ（笑）。まあ、まぐれでしょうけどね（笑）。だから、無欲でやりゃぁいいんです。なまじね、「プレッシャー、プレッシャー」なんて云うと、嫌になりますよ。それでも、プロか？　プロにはそんなものがあっちゃいけない筈ですよね。だから、ただ、近頃云えることは、何か云うと、差別、差別、差別、差別って、ガタガタガタガタ云って、それであの、昔は、「家貧しくして、孝子顕わる」と云うんで、ウチが貧しいとそっからね、しゃきとした奴が出て、「ようし、俺は今に何とかして、両親なり兄弟なりを楽させてやる」って云うようながっちりした奴が出たんですよね。今、そういうことを云うと、「精神論を説くのは嫌だ」とかね、ガタガタして、何でも福祉を待つ。ただ座して待つんですよね。で、死にそうになると誰かが助けてくれる。これねえ、そういう性格ですから、だから、あんまりそういって差し障りがあるといけませんがね。

まあ、寄席にいらっしゃる方は、特にこの「にっかん飛切落語会」にいらっしゃる方は、そう貧しい方はいらっしゃらないから（笑）、云いますがね。今は、「貧乏人」なんて云いますと、「差別している」って云うんでしょ。だから、どう表現したらいいんだって云ったら、「低額所得者」と云わないといけない（笑）。難しいですよ。んなことを云ってたら、落語が出来ないですよ。『蒟蒻問答』なんか、全部いけないんですもの。こないだも、ＮＨＫで録《と》ったら、全部ダメですよ（笑）。

それで、あたしは坊主の倅だから、坊主って云ったら、ＴＢＳでね、「坊主って云うのやめてください。差別用語だ」って、誰が云うんですか？　宿坊《しゅくぼう》の主《あるじ》だから、坊主でいいじゃないですか？　皆さんがね、「一家の主《あるじ》」って云われて怒るんですか？　そりゃ、「草鞋《わらじ》」って云われたら怒ってもいいですよ（爆笑）。人に踏まれて生きてるなんぞ云われたらね。主《あるじ》って云われて、何で怒るんですよ。庵の主なら、庵主じゃないですか？　いいじゃないですか？

で、くだらないところへ、敬語をつけるんですよ。……お人参、おごぼう（笑）。人参なんか、ごぼうなんか、呼び捨てでいいんですよ。何でも敬語付けるなら、じゃあ、奈良漬に敬語付けなさいよ（爆笑）。付けやしないじゃないですか。

それから、何故か、「ヤクザ屋さん」って云うんですよね。何を云ってやがんの？　ヤクザなんかヤクザでいいじゃないですか？　善のヤクザは、ちゃんとね、ストイックに生きてましたよ。

あたしども、子供の時分、そんな昔じゃありませんけどね。ヤクザと云うものは、親分がちゃんと教育してましたよ。

この間も、羽田の空港でね。『ヤクザの教育法』って本を買いましたよ。良いこと書いてありましたよ。

まず、ヤクザは正直であること。

健康であること（笑）。

人を助けること。

じゃあ、ヤクザになる必要はないんですね（爆笑）。……あの本、可笑しかったですね。近頃、珍しいユーモア小説ですよ（爆笑）。

とにかくね、冬はなるべく堅気の人を温めるために、自分自身は寒いところを歩き、夏はね、堅気の人を涼しくさせなきゃいかんと云うので、日向を歩き、そして無暗に人目につかない様に、なるべく夜が更けてから世間へ出る。それが、この頃はヤクザが逆にね、「居住しちゃいけない」って云われたからと、住民を告訴するんですからね、住民を。何だろうと思うんです。それで、指が無くなっちゃってね、世間は、「いかん！」って云うんですよ。あたしの友達なんて、指の無い奴はいっぱい居ますよ（笑）。だって、浅草で生まれたでしょ？　だから、皆、地方に疎開して、帰って来たら両親は三月九日の空襲で死んじゃって、今から四十二年前ですね。で、両親が居ないから、上野の地下道で死ぬか、さもなきゃヤクザになるか、二通りしか道はなかったんです。今みたいに福祉なんか無いんですから。だから、みんなヤクザになっちゃって、指が無い。今、ジャンケンするとあたしが勝っちゃう（爆笑）。パー出すと、あいつらグーしか出せない（笑）。そういうことを云うとね、「差別だ」って、どうして云うんでしょう。

で、「坊主は？」って云うと、「いけない」。じゃあ、何と表現したらいいいんだ？」って云ったら、「僧侶と云ってくれ」。じゃあ、『てるてる坊主』の歌は、どうやって歌うんだ（爆笑）。

あるテレビ局はね、「乞食と対談してくれ」って、これは元ねえ、何かね、良い学校出てるんですって、で、陸軍でね、大尉かなんかになったんですってね。

で、今は乞食なんですよ。で、「それと対談してくれ」って云うんですよ。で、これはね、Oさんが司会をやってる頃ですよ。乞食の人はね、物知りが多いんですよ。上野の乞食なんかと話をして御覧なさい。よく知ってますよ。だって、目が覚めれば新聞紙なんですから（爆笑・拍手）。今、どこのご家庭だって、あれほど新聞を読んでる方は居ませんよ（笑）。活字族ですからね、彼らは知識ありますよ。だから、「結構です」って承知して行ったらば、控え室でね、

「乞食と云わないでください」

当人じゃないですよ、その番組のプロデューサーがね。

「じゃあ、何と云ったらいいんですか？」

って、云ったら、

「人生の放浪者」（笑）

バカバカしいですよね。だから、「もうやめた」って云って帰って来ちゃいましたけどね。んな、バカバカしい。

何かって云うと、グズグズグズグズ云うんですね。噺家が、「噺家」って云われても、別に何でもないし。

今日も、映画館に入ると、「あれ、あれ、あれ！」って云ってる奴が居ましたよ。あたしを、どっかで見たことがあるんでしょうね。「あれ」って、指を差されて。昔は、「指を差されるな」って云われたでしょ。んなぁ、怒ったってしょうがないじゃないですか。真のユーモリストってのは、そんなくだらないことで怒らないものですよ（笑）。それねえ、くだらねぇところで怒るんですね、ギャーギャーギャーギャーギャー。もっと、怒るべき問題はあるでしょうが、世の中に。つまんねえことを、「あーでもない。こーでもない」とグズグズ云う。

だから、この今、お相撲さんが育たない。ビシビシやると、「日本は、マゾヒストとサディストの集団だ」って云ってる（笑）。それで、男同士一緒にお風呂に入るから、「日本はホモばかりだ」って（爆笑）、そうじゃないですよ。冗談じゃないですよ。

今の大島親方って居るでしょ？　元・旭國で大関でした。あの人なんかね、「チビ、チビ」って云われたんですよ。あたしゃあ、相撲が好きでよく相撲部屋へね、……あのう、テレビに映るのは氷山の一角でしてね、下でもう、何百人となく、取的《とりてき》さんがやってるんですよ。そういうところが、好きなんです。

観てましたら、昔と違いましたねぇ。前《ぜん》には、お腹すかして、ヒョロヒョロで兄弟子にぶつかっていったんですよ。それが、この頃は牛乳飲ませたり、何かしてね、それで太らなきゃいけないから、「寝てろ」って、だから、見た目は、皆、立派でしょ？　体重が百何十キロってあるでしょ。だけど、弱いですよ。すぐ骨が折れちゃったりね。捻挫したり。カルシウム分を食わないから。だから、小骨のある魚を食うのが一番いいんですよ。それで、運動しながら鍛えなきゃいけないんですよね。

旭國なんか、酷かったですよ。「チビ、チビ」って云われてね。合格しなかったんですから。体重は軽いですから、水を飲むだけ飲んで。それで、背伸びしてやっと受かった。終始、チビでしたよね。

で、『花筏』って、落語にもあります。その『花筏』と云うね、その落語が好きで通ってくる相撲取りが、今、鶴岡でちゃんこ屋をやってますがね。その男が楽屋によく遊びに来ましてね。で、『花筏』って落語を聴いて、「ああ、あれ良い名前だ」って、「じゃあ、あれ四股名にしよう」って、十両までいったんですが、遂に百キロをオーバーしなかったんですよ。九十六キロまでで、どう食べても寝ても太らない。で、この間、ちゃんこ屋やってますから、鶴岡に遊びに行ったら、「近頃、太ってきた」って、「バカ、中年太りだ」って、云ったんですよねぇ(笑)。

彼がその旭國の兄弟子だったんですよ。小さいですしね。それで、「チビ、チビ」って云ってからかってね。弱かったんだそうです。それでも、何が何でも奴は食らいついて、たいてい辞めていった中で、旭國だけは辞めないで、カァーッと前褌《まえみつ》を取って、頭をつけて、大関までなった。それでね、花筏とこの間会ったら、しみじみ云ってましたが、

「師匠ねぇ、偉くなる奴は、人物が違うよ」

って、云ってました。普通はあんなに虐めたら、……彼なんか無理やり虐めたんですよ。吸いたくもない煙草を、

「煙草、買いに行って来い」

って、ただからかうんですよ。で、こういうことをされても、

「はい、兄弟子」

って、云ってね、行って来た。それがちっとも恨んでないんですってね。

この前、巡業に来たときね、

「兄弟子、こういうところでちゃんこ屋さんやって繁盛なさっていて、本当におめでとうございます」

ってね、土産を持ってね、

「昔、兄弟子にいろいろ稽古をつけてもらいましたから、この通りになりました」

ってね、礼に来られたときにはね、「何て云って良いか、分かんなくなっちゃった」って、云ってましたよ。今なら、あんなことすれば、直ぐ、「虐め」なんて云ってねぇ（笑）、社会問題でしょ。そんな「虐め」なんて云ってたら、強くならないんですよ。

そりゃぁ、凄いですよ。あたしどもが観に行ってた時分には、土俵は荒木田《あらきだ》って壁土を練って練って練り抜いて、コンクリみたいに固いんですよ。そこでやる訳ですよ。固くないと怪我するんです。これで、兄弟子にぶつかっていくでしょ、兄弟子は、もう、松の根みたいに微動だにしませんね。

「どんと来い！」

パァーン、パァーンとあしらって。兄弟子も、五人も六人も俗に云う「按摩《あんま》する」って、これもタブーになってます。近頃、按摩って言葉はいけないんですね。マッサージさんとか（笑）、指圧さんとか（笑）。だから、相撲さんも、指圧するとかなんとか云うんですかね、あれ（笑）。面倒臭い世の中になりましたね。で、パァーンっとやる。五人六人と来ると、面倒臭くなってくる。バァーンっとぶつかって来ると、ヒョイと避けるんですね。と、目標が無くなりますから、ヒョロヒョロっとよろけますと、あのグローブみたいな手で、バァーン、のめって土俵へ、ブァーンって鼻をぶつけると、鼻血がダァーンと出て来る。

「何だ、鼻血なんか！」

そんなんで怯《ひる》んでいては、一人前になりませんから、これを横殴りにして、

「もう、一丁お願いします！」

また、バァーン。また、体をかわして、ピシャーと土俵へ。今度は眼が、ビョーッと飛び出す（笑）。こんなことでビックリしちゃいけませんからね（笑）。

「今日は、五月一日で、メ（眼）ーデ（出）ーだ」

って、ことを云われて（爆笑）、これを砂を払って押し込んで、……そんなバ

カなことはありませんけどね（笑）。

まあ、ともかくあの頃の相撲を見てましたら、凄かったですよ。北の富士、今の千代の富士の親方ね、九重。あれ、あたりは知ってるでしょ。その稽古がね、青竹でひっ叩《ぱた》かれていましたからね。これは、凄まじいばかりですよ。

だから、あいつが偉いなっと思ったのはね。あれが横綱のときにね、一緒に六本木のほうへ行きましたらですね。優勝したんですよね。そしたら、変に絡む奴が世の中に居るんですよ。

「何だ。おめぇなんざあ。姿形は良くたってな。女にモテたって相撲は弱ぇじゃないか」

とかなんとかってね、絡んで来た。それでも何でも、ジィーッと耐えてましたね。で、あとで表へ出てから、涙ぐんでましたよ。「悔しい」。並の人間なら、あそこであいつと、とにかく殴り合うところだった。でも、我慢した。

（やっぱり、おまえ、そこが良いところなんだよ。だから、おまえは将来大物になるよ）

って、思いましたがね。やっぱり、あれだけになりましたよね。千代の富士を育て、そして、北勝海を育て、今、大変なもんですわね。だから、そういうことでね、あれこれ恨んだりしちゃいかんと云いながらも、人間てのはやっぱりそこに、いろいろ遺恨が出来る訳ですね。

〈注釈〉

※1……山倉和博（1955～）元プロ野球選手で、巨人軍の捕手として、江川卓とバッテリーを組んでいた。意外なところで長打を打つことから「意外性の男」と称された。

それでこの世を呪いましょうよ

一九八七年四月十四日　イイノホール
にっかん飛切落語会　第一三九夜『浮世床』のまくら

毎回のお運びでお礼を申し上げます。

この会も随分長くなりました。いろいろと良い噺家が出てまいりまして、噺家と云うのは一朝一夕になかなか育つものではございませんで、長いこと見てないといけないんですね。ですから、本当のファンになると、前座、あるいは二つ目、亡くなった芥川比呂志さんなんか、前座のことまでよく知ってましたね。あたくしどももビックリしましたよ。「あの前座は、こうで、ああで」って、何から何まで存じておりました。それが本当のファンなんでしょうね。

だから、相撲なんて観てましても、本当に何か、名前がよく分からないような人が、お客様も来ていないような時間帯に、そういうときに行って観るのが、本当のファンだって云いますね。だから、あたくしどももよく前《ぜん》に行きましたよ。あたしたちが行きましたときにはね、納谷とか富樫なんてね、……納谷なんてまるでキリストみてぇな奴が出て来ましてね（笑）。

「なんだい？　これはぁ？」

って、云って出て来て、……その納谷が後《のち》の大鵬ですよ。何かヒョロヒョロしてましてね。あたし等が裸になったようなものですよ（笑）。そりゃぁねぇ、ひょろぉ～ってしてましたね。で、富樫が後の柏戸ですね。

え～、そういうのがドンドンドン強くなっていくと、何か嬉しいですね。そうでなくちゃいけない。新陳代謝がなきゃいけませんよね。噺家は、歳無《としな》しなんて云いますがね、ある年齢に来たらやっぱり、……そりゃまぁ、その年齢なりの良さがやっぱりあるんですけどもね。しかし、だからと云って、若い人をドンドンドンドン育てていかなきゃいけない。だから、以前の噺家って云うのは、あたしゃぁ、そういう点では偉かったと思いますよ。

あたしたちが入った時分には、明治生まれの噺家ばかりだったですからね。中途が無いんですよ。中間の大正、昭和生まれは、皆、兵隊にとられて死んじゃったでしょ。だもんですから、中間が無くてね。明治生まれの人たちばっかりだったですから、皆さんが噺家の世界は非常に封建的だとか何だとかと云いますがね、そんなことはありませんでしたよ。大らかなんでしたよ。
（五代目古今亭）志ん生なんてぇお爺さんはね、お客が笑わなかったりすると、
「つまんないねぇ」
って、云って（高座を）降りて来ちゃうんですよ（笑）。だけどね、あたしは
云ったことがあるんですよ。
「幾ら『つまらないね』って云ったって、お客様は師匠に期待しているんです
よ。だから、そんなにねぇ、投げちゃいけませんよ」
って、云ったら、
「うん、おまえさんは云うね。うう、おまえさんみたいのがぁ花魁になるとぉ、
う〜ん、あたしゃぁ通うよぉ」（爆笑）
なんてなことを云ってね。あたしが花魁になる訳がない（笑）。だから、そう
いう風にずけずけ云えましたよ。
（八代目桂）文楽さんなんか、上手い噺家でしたよね。けども、『野ざらし』を
（TBS落語）研究会で演りましたけれど、下手でしたねぇ。聴いちゃいられな
かった。『野ざらし』とかね『お若伊之助』なんて……、『お若伊之助』なんて

いうのは、ウチの大将（六代目三遊亭圓生）の売り物でしたけれどね。こう、※1建仁寺垣《けんにんじがき》越しに見ますとね、ずっと垣根の外は畑になっていましてね。そして、水浅葱《みずあさぎ》で藍微塵《あいみじん》の着物に、そして水浅葱の手拭いで頬被《ほっかぶ》りをして、で、雪《せき》駄《だ》……、雪駄《せった》を雪駄《せきだ》と云ってましたね。雪駄を腰へ挟んで、そして豆絞りの手拭いをしているところは、錦絵のようだ。それで、花弁がぱらっと落ちたのを、お若がひとひら取り上げて、

「去年《こぞ》別れ　今年逢う身の嬉しさに　先立つものは涙なりけり」

なんて云うとね、ピューッとね、情緒纏綿《てんめん》たるものがありましたね。これを、文楽さんが演りますとね。力を入れ過ぎる早過ぎる口調で、面白くもなんともないですね（笑）。

だから、あんなに巧い人（文楽）でも、やっぱり演目《もの》が違うと、こうも下手なのかと思いましたですね。本当に良い演目《もの》って云ったら、十三か四しかなかったですね。聴いてて、（こりゃぁ、良いなぁ。この人以外にゃぁ、これだけのものは出来ないな）と思うものは……、そういうもんなんですよね。

それを無暗に絶賛するものですからね、なんでもかんでも。この間のNHK

の番組を見ましても、「文楽型か、志ん生型か」って、そうじゃないですよ。今でも、あたくしどもの脳裏に残って、ずぅーっと……、だってあの方たちの全盛期をあたくしは聴いているんですよ。現在《いま》、テープに残っているのは、あれはもう、落ち目になってからのが残ってますからね（笑）。ダメです。本物じゃない。全盛期はやっぱり凄かったですよ、景気が良くてね。

で、あたしの師匠だから云う訳じゃないけど、トータルして、「上手い、名人だ」と云えるのは、やっぱり圓生（六代目）でしょうね。そうですよ。だって、音曲噺が出来て、滑稽噺が出来て、落とし噺が出来て、人情噺が出来て、芝居噺が出来て、こんなすべてが出来る噺家なんて居るもんですか、居やしませんよ。だから、そういう点でやっぱり、（違うな）って思いますわね。それをね、何ぞと云うと、何かものの本に残っちゃうと、皆、それを見て番組を作ったりなんかする訳ですね。だから、なんでもかんでも「文楽だ。志ん生だ」って云いますがね、そうじゃないです。やっぱり、まぁ、圓生……、まあ人情噺とかそういうのをトータルしたら圓生であり、そして、長屋の噺をしたらやっぱり、うーん、（五代目柳家）小さんでしょうね。そりゃあ、やっぱり、上手いですよ。

うーん、（小さんは）出ただけで、八つぁん、熊さん的な感じがしますわね。だけど、あたしはあんまり、八つぁん、熊さんってのは、演らないんです。自分がそういうようなタイプじゃないですから（笑）。あのねぇ、知性があり過ぎて出来ないんです（爆笑）。八つぁん、熊さんってのはね、もっともっとね、アタマのカタチからしてね、真ん丸でなければいけないんです（爆笑）。いろいろ、タイプがあるんですよ。

そう云っちゃなんですけど、仮に（二代目桂）小金治さんに学者の役を演れって云ったって、それは出来やしないんです。演ったって、無理なんですよ。そういうもんなんです。それぞれね、その人《にん》に合った噺てぇのがある訳ですよね。ですけど、あたしは、今の井筒親方ってぇ人は、まぁ、あの方は、（育て方が上手いな）と思いますね。だって、自分の実子の逆鉾にしても寺尾にしても、それぞれが、あそこの一門ってのは皆取口が違うんですよね。ああいう風に、教えなければいけませんね。そこへいくと高砂部屋は、何でも突くだけ（笑）。心太《ところてん》じゃないんですからね（笑）。突きゃぁ良いてもんじゃないんです。ええ、高砂部屋はバカみたいでしょ？　あれ、つまんないですよ。

で、あたしはね、お相撲さんって時々疑問に思うのは、何だろうと思う時があるんですよ。あの、小錦なんて云うのはね、あれ、寄っかかっているだけなんですよ（笑）。体重が二百三十五キロもあるんでしょ。寄っかかってんですよ。だから、あれ、避けりゃぁ倒れちゃうんですよ（笑）。だから、あれは相手も、もう少し考えてやればいいんですね。パァーンっとね、つっかかっておいて、それで、ひょっと避ければたいていは倒れるんですよ。それをね、もろにぶつかっていくから、やられちゃうんですよね。物事は考えれば良いんですよ。

だから、野球でもそうですよ。あれ浜崎真二って云いましたかね。あの方がね、阪急の監督のとき、あの人はね、慶應でエースだったんですよね。それが満鉄行きまして、それから戻ってきて、戦後に阪急ブレーブスの監督やっていたんですが、四十七歳か、八歳のときだったと思いますよ。あの、奇しくもあたくしは後楽園に居たんですがね、阪急には当時、今西（錬太郎）とか、天保（義夫）とかね、優秀なピッチャーが居たんですが、そういうピッチャーが投げ切っちゃって、あとはもう酷いんですよね。こう酷いのが出て来て、投げたんです。ボカボカ打たれる訳ですよ。そうしたら、監督が頭にきちゃったんですね。あの時分は、プレイングマネージャーで登録してなくても、投げられたんですね。大らかな時代ですよ。で、「おまえら、バカだ」と、「野球は頭で投げるんだ」と、で、「俺が出る」って、あの人はね、身長が一メートル五十幾つしかなかった筈ですよ。背は小さかったですよ。それがヒョコヒョコって出て来てね、しかも四十七、八ですよ。それで、投げたらね、これはキャッチャーまでやっと届くって球ですよ（笑）、長年投げてませんから。それでも一イニング完全にピシャッと押さえましたよ。要するに頭だって云うんですよ。浜崎に云わせるとね。頭使えって。だから、あたしは常になんかのときには云うんですがね。その云うとおりに、西本（聖）がやって成功しましたね。だから、あたしの云う通りに演ってりゃ、たいてい成功するんですよ（爆笑）。

これね、野村（克也）なんかはバカみたいに云っているんですよ。胸元にバーンとシュートで揺さぶってね。そして仰け反ったらね、今度は外角へ投げろって。常にあいつは、裏の裏をかけって、……バカ云うなっての。裏の裏は表じゃないの（笑）。バカなことを云ってちゃいけないって云うんですよ（爆笑）。裏かいて、裏かいて、裏かいて、裏かくんですよ。シュートを放って、（もう、来ねえだろう）と思ったら、またシュートが来た。（もう、来ないだろう）っと、またシュートが来た。そうなんですよ。だけどこれは次は変えなくちゃいけませんよ（笑）。のべつバカの一つ覚えでやってたらね（爆笑）。そしたら今度ホームベース離れてりゃぁ、シュートが真ん中になっちゃうんですからねえ。だから、少しは考えて喋るがいい。

大正時代に大リーガーが日本に来ましたときにね、当時の新聞が面白いですね。日本には未だ直球と、シュートぐらいしかなかったんですね。ところが米国《むこう》には、カーブやドロップや、そういう球があったんですよ。そしたら、新聞に、

「卑怯未練な曲がり球」

って、書いてあるんですよね（爆笑）。これが如何にもその、日本人らしくて良いですね。うん、曲がり球なんて卑怯ですよ。スプリット・フィンガード・ファスト・ボールなんて、卑怯ですよ。やっぱり、ドーンと直球でね、それで勝負できなきゃ。だから、出来ない奴がいろいろ（変化球を）投げるんですよね。けど、噺家ばかりは、これは不思議なもんでしてね。この間、「税金に絡めて噺家を保護しろ」なんて云って、騒いでいるのが居ましたけれどもね。どうし

て、保護されなきゃいけないんですよ（笑）。カモシカは保護されていいんですよ（爆笑）。だけど、噺家なんて居たって居なくたっていいんです（笑）。これ、何だか知らないけれど生息しているんですよ（笑）。浮遊しているんですね。汚物と同じですよ（笑）。この居なくていい奴が存在するってのは、存在するだけの意味がなんかあるんですね。

　そのなんかって云うのは、これから段々段々お年寄りになると、お年寄りの話し相手で、いろいろ古いことを知っていたり、新しいこと知っていたり、何か知っている奴が欲しいんですよね、話し相手として。話が通じねえってのは、つまんないでしょ？　うんこれ、そうですよ。[※2]「デュランデュラン」の話をしたって、今、分かんねぇでしょ（笑）。分かるような噺を出来るような体質を持ってなくちゃいけないんですね。いろんなことを噺家ってのは、知ってなくちゃいけない。そうしておきますと、これからこの先、噺家ってのは持ちますよ。何だか分からないけどね、これ、面白いもんですね。二十一世紀になっちゃってね、ひどく世の中が進んでもね。何だか知らないが、着物着てこうやって座ってね（笑）、仏様の鈴《りん》みたいになってね、それで、こうなんか演っているんです。こういうのはね、シーラカンスと同じで、希少価値になりますよ（笑）。

世の中が進んだからって云ってね、世の中を追うことはないんですよ。進んでいる奴は進みゃぁいいんです。だけど、進みたくない奴だって居るんですからね。もう、世の中なんか進まないほうがいいです。それで、世の中が進んでいくとね、皆が、カシャカシャカシャカシャね、忙しなく頭が凄く利口になって来ますよね、全体的に。日本人は世界に冠たるものがあります。そうすると今度は身体が弱くなっちゃうんですね。これからは身体が丈夫なだけで天下とれますよ（笑）。「あいつは、丈夫だから。何か、違う」と、そういう線を狙えばいいんです。

世の中にね、後れを取るまいと追っかけていたら、おかしくなっちゃいますよ。今どき、いい歳してね、若い奴みたいな服装《なり》してみて御覧なさいな、みっともないですよ。

ジェームズ・ディーンなんてね、あんな……、まあ、彼はアメリカ人としては小男ですよ。小さい男がね、ああいうジーンズをスーッとした細いものを穿いたから、だから似合うんですよ。それで、小さいけども脚は長いでしょ、アメリカ人ですからね。だから似合ったんですよ。それを日本人が真似してね、あれは胴が低くって、似合う訳がないじゃないですか（笑）。ジェームズ・ディーンだって、一九三一年の生まれですから、あたくしより上ですよ（笑）。あれ、二十四で死んじゃったから良いんですよ（笑）。だから、永遠に彼は歳とらないんですよ。『エデンの東』と『理由なき反抗』と『ジャイアンツ』と三作撮って死んじゃったでしょ。だから、今もってね、ビデオディスクや何かで上映されるのみんな二十四歳のジェームズ・ディーンなんですよ。生きてりゃディーン爺さんですよ（笑）。だからね、ああいういい男とかいい女とかはね、あんまり長生きしちゃいけませんよ（爆笑）。夢が壊れちゃっていけない。

世の中は二ついいことがないんですよ。いい男とかいい女とか、モテるなって奴は早く死ぬんです。で、（客席の）皆さんは長生きですよ（爆笑）、永劫に生きてますよ（笑）。こっちは、生きててくれないと困るんです。それでお互いに話し合ってね、それでこの世の中を呪いましょうよ（笑）。それが一番いいんです。

だって、この頃酷いもんですよ。あたしの妹の子供なんかね、学校出て、今、勤めたんですよ。勤めた途端にね、

「圓楽おじさん、昔はよかった」って、云いやがんの。バカだね、あれ（笑）。二十二ですよ、それで「昔はよかった」。

この間、幼稚園に公演を頼まれて、世の中にあんな演り難いことありませんね（爆笑）。……ふっ、ふっ、頼まれたから、行っちゃいましたよ（笑）。あははははは、借金返さなきゃいけないからね（爆笑・拍手）。んっはっは、あたしは、どこへでも、行っちゃうんですよ。そうしましたらね、何を云ったって分かんない、分からないですよ。幼稚園、年長組だからって（爆笑）、年長組だったたってね、分からないですよ。あっはっは、子供はしょうがない。あ〜、演り難いですね。だから、『めだかの学校』を唄って帰って来ましたけどね（爆笑・拍手）。バカみたい。本当にそうですよ。

落語なんてのは、いろんな人生経験を経て来なきゃ分かんないですよ。それで、ワイワイワイワイね、楽屋は楽しいですね。共通の話題があるでしょ。だから今はね、何かモノを見るってのはね、……あたし今、『独眼竜政宗（この年のNHK大河ドラマ）』って、『政宗』なんて本はね、もうガキの時分に読んだから分かってますよ。親父が人質になってね、政宗は馬に乗っているでしょ、それで撃てばお父《と》っちゃんも殺すことになるんですよ。だけど、「やれ」って云ってね、それで政宗は親ごと殺すんですよね。そういうのね、ガキの時分から読んでますから、今さら見たくない。だから、あたし全然観てないです。で、観てないけどね、あれを観てないと、要するに皆が話題にするから、話題に入っていけないんですね。『澪つくし（一九八五年のＮＨＫ朝の連ドラ）』なんて、わたしはタイトルは知ってますけど、観たことないですよ。全然観ないです。興味ないですもん。あたし観ているのは、今、『笑点』とね（爆笑・拍手）、それから『お好み演芸会』です。そのぐらいしか、観ないです。

　いずれにいたしましてもね、変な人が増えましてね。何だか知らないけどね、歌手やなんかのね、結婚式をね、延々とテレビ局は何時間も放送してて、公共放送としてのね、心構えがなってないとか、新聞に投書しているんですよ。そう書いた奴が、ずっと観てた訳ですね（爆笑）。チャンネルはいっぱいあるんですから、ＮＨＫの３チャンネル（当時）、教育テレビ（現・Ｅテレ）を御覧なさいよ。あれは、為になりますよ。浮世離れしてますよ（笑）。民間放送じゃ考えられないですよ。訊くほうも答えるほうもゆっくりやってますね。久米宏に観せたいくらいですよ（笑）。

本当にのんびりするってことは、必要ですね。セカセカセカセカしててね。だから、あたしは絶対に流行を追いませんしね。それから、セカセカもしない。で、人のやることはやりません。ジョギングが流行るなんて云うと、絶対にやらない。で、ゴルフって云うとね、やらない。それで、人が年寄りぶって嫌《やだ》っていうのはね、ゲートボール、こういうものはやります（笑）。だって、二十五メーター四方ありゃぁ出来るんですからね。で、面白いですよ、ゲートボールなんてのはね。あたしの前に打ってたお婆ちゃんなんかね、自分の打つ球に、「〇子」って名前があってね、それをこうカチーンっと打っているんですよ。

「お婆ちゃん、それどなたのお名前ですか」

って、云ったら、

「嫁のですよ」

って、云ってるんです（爆笑・拍手）。こういうイライラの解消法があるんですね（笑）。だから、あたしの打つ球に「談志」って書いてあるんですよ（爆笑）。それで、バカーンっと打ってね。あの低能児をね、はり倒したって、面白がっているんですよ。暴力をふるうとね、いろいろといけませんからね、そういうことでね、気分を晴らしているんです。

何かやっぱり、憂さ晴らしってのは必要ですね。

〈注釈〉

※1……四つ割竹を垂直に皮を外側にしてすきまなく並べ、竹の押し縁を水平に取り付け、しゅろ縄で結んだもの。建仁寺で初めて用いた形式という。

※2……1980年代に日本でも人気があったイギリスのロック・グループ。

足立区について

一九八七年七月十四日　イイノホール
にっかん飛切落語会　第一四二夜『夏の医者』のまくら

お運びでお礼を申し上げます。

わたくしは、何年か前から、おそらく『水戸黄門』より日本中を歩いているんじゃないかって気がします。随分、凄いところにも行きましたよ。だから、声もガラガラですしね。やっとの思いで、喋っているぐらいでしてね。なるべく普段は無駄口をきかないようにしてても、ガラガラになりましてね。今朝も耳鼻咽喉科医に行ったら、

「たいしたことはありませんよ。喋り過ぎですよ」

って、云われました（笑）。だから、黙ってりゃいいんです。ですけど、（高座に）座って黙っている訳にはいかないんですね。よく考えてみると、男のお喋りってのは、嫌《や》ですね。でも、噺家だけはしょうがない。黙っている訳にもいきませんでね。

以前行きましたところで、面白かったのは。島根県の掛合村《かけや》（現・雲南市）ってところへ行きました。良いところでした。渓流が流れてましてね。両側にお家が何軒かあって、（こういうところで人が来るのかな?）って思ったら、そこに素晴らしい村民会館ってのがありましてね。コミュニティーセンターとか、云いましたね。（あれ、こういうところに、こんな凄いモノが）……。ここは、竹下登さんの生《で》たところなんですって。

「ああ、そうですか」

なるほど、ああいう人は、皆、自分の村へ良いモノを誘致するんですね。あたくしの居る足立区の竹ノ塚なんて（笑）、酷いもんですよ（笑）。

東京二十三区で、自慢じゃないけれど、映画館その他の文化施設がない区が、二区あります。一区は、あたくしの住んでいる足立区。もう一区は、あたしの寄席のある江東区（爆笑）。だから、弟子の皆にも云ってるんですがね、

「我々は、鼻に竹串を突き通そうじゃないか」

って、云ってんですがね（笑）。で、前も褌だとか、パンツだとか、そういうのはしないで、竹の筒の中に入れて紐で首から吊るしたりなんかしてね（笑）。

……そういうところですよ。議員も何《なん》にもしない。実に何もしない。車が混んでも……、交番があるんですが、交通整理もしない。何にもしない。で、いろんな事故も、かなりあります。これから、暖かくなりますと、暴走族が何時も物凄い騒音を出して走り回っても、西新井警察署は何《なん》もしない（笑）。そして年度末から春先にかけては、いつも穴を掘るのが足立区（爆笑）。

「ガス管か何か壊れたんですか？」

って、訊いたら、

「予算が余っているから掘ってんだ」（笑）

……そういう区です（笑）。

痣のつくほど抓っておくれ

一九八七年十二月十五日　イイノホール
にっかん飛切落語会　第一四七夜『紺屋高尾』のまくら

お運びでお礼を申し上げます。

まぁ、しかし何と云っても、人と云うものはどなたに限らず、

「世の中は　金と女が仇なり　どうか仇に巡り会いたい」

なんて申しまして。なかなか、そう上手くはいかないものでしてね。

二ついいことはないって云いますよね。だいたいモテる奴は早死にする。で、
モテないものは長生きをする。世の中上手く出来ていますね。亡くなった大平正
芳（第六十八代、六十九代内閣総理大臣）さんに、わたしよく訊きましたよね、

「太平さん、モテなかったでしょ？」

って、訊いたら、

「あ〜ぅ〜モテなかったですよ」

それ、本当でしょうね（笑）。あの人がモテる訳がないんだ（爆笑）。でも、ま

あ、今も志げ子夫人はご存命ですからね、迂闊なことは云えませんけど、それでも、あの方ぁ、晩年は女性が五人ぐらいいらっしゃったんですからね、大変なもんですよ。で、志げ子夫人は「腹が立った」って云ってましたね。

大平さんの同級生でね、様子がいい男はバカにモテるんだそうですよ。（この野郎……、ようし、貴様ら外見でモテる。俺は内容で、いつか）って云うんでね、刻苦精励してああいう立場になると、女性のほうから寄って来たって云いますね。あんな顔しててね、結構モテたんですよ（笑）。

「あぁ～うぅ～」

なんてやってましたけどね（笑）。あれで、モテるんです。

だから、人間なんてね、外見じゃないです。外見だけでね、ああだ、こうだ、と云うのは、そりゃぁまぁ、ほんの若い時分のことでしてね。え～、女性だってある程度、モノが分かって来ればね、そりゃぁ、男の内容に惚れてきますよね。

あの人が幹事長の頃でしたね、……幹事長なんてのは、金集めで大変なんですね。つまらない会社の創立十五周年記念なんて云うと来て、必ずスピーチしてましたよ。で、百年の知己のようにスピーチするんですね。

「ここの創立者の社長とはね、長い間……」

嘘なんです。いま、会ったばっかりなんです（笑）。で、あとで控え室で一緒になりますと、

「圓楽さん、これも金の為ですよ」

なんてなことを云ってましたがね。あたくしは、今、それがよく分かります（爆笑）。云いたくもない世辞を云わなきゃなんないってのはね、金の為でね。あたくしは、よく云ってますよ。

でもね、よく「本音でモノを云え」とか、ヘチマのなんと云う、……本音で偉いんだったらね、子供は偉いですよ。子供は正直にみんな云いますからね。

「オバちゃん、汚ねぇな」

なんて（笑）。で、そういう人を偉いって云うんなら、子供はみんな偉人ですよ。

そうじゃないんです。大人になれば其々《それぞれ》ね、いろんな社会情勢とか、いろんな親子関係、因果関係ってのが分かってくるんですよ。だから、わたしはね、亡くなった（八代目春風亭）柳枝《りゅうし》師匠に云われましたよ。『子ほめ』を教わりました

ときにね、

「圓楽さん、例えばご夫婦が歩いて来て、子供連れで。そのお子さんが、『どっちに似てますか?』って訊かれた場合に、『お父さんに似てますね』って云うのが、本当の誉め言葉ですよ」

って、云われましたよ。で、そんときはね、よく分かんなかったの。その後なんかの本を見てましたらね、ヨーロッパの諺《ことわざ》でね、

「その子の本当の父親は、母親にしか分からない」

って、言葉がありました（笑）。これを見たときに、（あっ！　このことを云ったんだな）ってね（笑）。長い間一緒にいりゃぁね、犬だって飼い主に似て来るんですよ（笑）。不思議に、犬も飼い主に似て来ますよ。だからね、子供ならね、やっぱり何となくね、どっか似て来るんですよ。だけど、男親としては不安なんですよ（笑）。

（本当だろうか……）（爆笑）

だって、血液だったってね、あたしゃぁAB型ですけどね、AB型とA型とB型とO型と、これしか無いんですね。あたしがAB型だから、AB型の男と、

ねぇ、浮気《あれ》すりゃ、分かんないすよ（笑）。だから、疑えば切りが無いんです。だから、

「お母さんに似てますね」

って云っちゃいけない。

「お父さんに似てますね」

そうすると、もう、男は安心して、

「あぁ、そうでしょう？　あたしに、似てるでしょ？」

何てなことを云ってね（爆笑）、安心するって。

だから、こういうことは学校じゃ教えないんですよね（爆笑）。こりゃぁ、「にっかん飛切落語会」でなきゃ云わないことなんです（笑）。遺伝子の研究してたって、こんなことまで教えませんよ。これはね、社会で大事なんです。だから、「どれほど知識があったってね、雑学を身に付けない者は、本当のインテリではない」って、言葉がありますがね。本当なんですよ。いろんな噺を聴いてね、雑学の中に、その人生の本質がちりばめてありますからね。それをねぇ、「落語がどうこう」と云うね、浅い、笑いだけで測るんだったらね、笑いのボ

リュームだけだったら、コントだって漫才だって面白いのは幾らもありますよ。笑いのボリュームじゃないんですよ。

本当にね、「人生とはどういうものか？」って云うのを、噺家だから知らなきゃいけないし、少々遊ばなくちゃその答えは得られない。ところが、この頃は遊ぶと煩《うるさ》いんですよね。「不真面目だ」って云う（笑）。この間ね、週刊誌読んだら、面白かったですよ。九州のヤクザなんですがね、「これからのヤクザはね、経済を基盤にしなくてはいかん（笑）。従って、飲む、打つ、買うは、やめよう（爆笑）。正業を持て！」って、云ってんですよ。やっぱり親分の云うことは、どっか違いますね（笑）。で、この親分は、のべつ外車を乗り換えているんですよね（爆笑）。どういうことをして、そんなにお金があるのかが分からない。で、「ヤクザは正業を持て」って、云ってる。で、「飲む、打つ、買うはやめよう」、良いこと云ってますよ。

だから、本を読んだだけで人を判断してはいけませんよね。あたしは、本を読んだ限りではね、日本で一番偉いのはね、笹川良一さんですよ（笑）。あんなに偉い人は、居ませんよ（爆笑）。自分はどうでもいい。（扇子を開いて）世界の人間を救いたい（笑）。その次に偉い人、誰かと思いましたらね、児玉誉士夫さんですよ（笑）。本を読むとね、偉いですよ。児玉さんがね、笹川良一が巣鴨プリズンに入ってましたときにね、巣鴨に行きましてね、

「笹川先生、死んでください」

ってね、短刀を持って来たんですよね。笹川良一のほうが、役者が上手ですね。

「児玉君、君が死ねよ（笑）。あたしが後を追うから」（爆笑）

ったらね、児玉はそのまま帰っちゃったって云ってますがね。うーん、児玉（こだま）は返るんですよ、山の中ではね（爆笑・拍手）。

何にせよ、やっぱり、女性なら男を喜ばしてくれなきゃつまんないですよね。程々にね、ちょいと抓《つね》ったりするんですよ。これは、コツですよ。抓られて、男は嫌がる奴はいませんよ（笑）。

「ううん、本当にモテんだから、悔しいわ。他所《よそ》行って、浮気しちゃ、嫌《い》あ！」

（爆笑）

（抓るのは）ほんの、ちょいとですよ（爆笑）。血管切っちゃダメですよ（爆

笑・拍手）。カッターでやっちゃダメで、堪ったもんじゃない。ほんのちょいと。と、この男って奴はね、嬉しいのと痛いのと合併してね（笑）、「やめろよぉん♡　なぁ、ふぅん（笑）。おぉいぃ、おぉいぃ、やぁふぅん」（爆笑）

って、訳が分からなくなっちゃってね（笑）。で、抓られた痣を、見せて歩いている奴がいる。

「おおい！　ちょいと来い（笑）。見ねぇ」（笑）

「どうしたい？　転んだの？」（笑）

「バカ！　そんな転んだなんて、野暮な痣じゃないよ。ね、『抓りゃ紫、食いつきゃ紅よ。色で仕上げたこの身体』（笑）。ね、ガキの頃から『いろは』を覚え、『は』の字忘れて『いろ』ばかりってんだ（爆笑）。女の子がね、『あんた、浮気しちゃ嫌ぁよ！』って、キャーッと抓った惚れた面影だ。よく見とけ！」

「へえぇぇ、おまえモテんだね？」

「モテねぇ国に行きてぇよ、俺は」（爆笑）

「行ったら、いいじゃねぇか」

「旅費が無ぇんだよ（爆笑）。おう、どうでぇ」

なんて云ってる。これをずっと見せてますとね、二日、三日経つとね、段々痣が薄くなっちゃう。

「あら？　いけねぇね、おい。ちょいと、色揚げしよう（自分で抓る）」（爆笑）

バカな奴があるもんでね（笑）。自分で色揚げしたりなんかしてね。

「痣のつくほど抓っておくれ　それを惚気《のろけ》の種にする」

「痣のつくほど抓ってみたが　色が黒くて分からねぇ」（爆笑）

屋号の誉め方

一九八八年五月二十五日　イイノホール
にっかん飛切落語会　第一五二夜『たがや』のまくら

お運びでお礼申し上げます。

しかし、この、あたくしが初めて高座に出ましたときに、よく「アガったでしょう?」と質問されるんですが、アガらなかったんです。これは、決して図々しい訳でも何でもないんで、そこのそのテレビ朝日の裏っ手にあります「麻布十番倶楽部」ってところでした。……(客が) 来なかったですね。上がったときに、一人も居ないんです (笑)。お客さん居ないでアガれば、バカですよね (笑)。亡くなった (初代金原亭) 馬の助さん、当時は、むかし家今松と云っていたんですが、

「いやぁ、(客が) 居ないところで (高座に) 上がるのが、修業だよ。上がんなさいよ」

「(客が) 来たら、どうするんです?」

「『お後の仕度がよろしいようで』って降りなよ」(笑)って、云うんですよね(笑)。だから、来るまで喋っている訳ですね。それが、今考えると稽古なんですね。

しかし考えてみれば、あの頃、今思えば、まあ、本当に名人上手が綺羅星の如く居た、その頃に、……何であんなにお客が来なかったんでしょうね？　来なかったですね……。とにかく、あたしは(日本に人が居るのか？)と思いましたよ(爆笑)。人口調査したことがありました。そのくらい、来なかった。

ですから、夢みたいですよね、今が。それで、世の中ってのはガラガラ変わっていきますんで、三波春夫さんが歌舞伎座で興行を演るって云ったときに、歌舞伎の方々が、「ああ、この檜(舞台)を汚されて」なんて云って、随分クレームをつけたらしいんですが、でも何でもお客を呼べば、仕方がないと云うことで、劇場側は貸しちゃったわけですよね。で、あの方は二十年続けたそうですが。そういういろいろな弊害と云うものもありますね。

その後、歌舞伎をやりはじめたら、この間亡くなった(十七代目中村)勘三郎さんが随分こぼしてましたが、

「この頃は、嫌《や》だよ」

って、云って、ほとんどあの方は、芝居を自棄《なげ》てましたね。やる気がしないんです。だって、ガサガサゴソゴソ、たいてい団体さんでしょ？　入り口に、「どこそこの会社御招待」って云うんで、招待券くれるんですよ。それで、お子さんたちが、

「お父さんお母さん、東銀座で降りて、すぐ前が歌舞伎座だから行ってらっしゃい」

「ウチの倅夫婦は、親孝行だよ」

って、云って、実は邪魔だから行って来いってもんなんですがね（笑）。それで、これを受け取って、中に入ってみると、もう座席を探すんで夢中です。やっとの思いで席に着くと途端に、風呂敷を開けるんですね。それで弁当を食べながら、

「なぁに？　歌舞伎、歌舞伎って云うけれど、三波春夫は出ないのねぇ」（笑）

なんて云って食べてるんでしょ？　そりゃぁ、役者衆は嫌《や》んなっちゃいますよ。でも時々は中には御通家《ごつうか》も居るんですね。やれ勘三郎が出て来ると、「中村屋！」

ですとかね。菊五郎が出て来ると、「音羽屋！」とかね。幸四郎系列が出ると、「高麗屋！」とか云ってるでしょ？　そうしますと、何か云わないといけないと思うんですね。こう、（弁当を）召し上がってらっしゃる方が、「松坂屋！」なんて云って（笑）、食べたりなんかします。あれじゃ、役者、がっくり来ますよね。

この間ね、脇役がちょいと乙《おつ》な芝居をしたんですよね。したら、「赤札堂！」

って、云ってました（笑）。これはね、皮肉としたらたいへん結構なものです。

誉め方の中で、一番難しいのは、花火だそうですね。ダァーンっと上がってね。江戸と云った頃には、五月の二十八日っていいますから、今頃ですがね。しかし、前《ぜん》は旧暦ですから、本当は六月で来月になる訳です。梅雨空を吹っ飛ばすように、ダァーンって上がって、……あれは、その歌舞伎の役者みたいに「ぉとぉやっ！」っとかね、江戸っ子は気が短いから、「音羽屋！」ってはっきり発音したらいけねぇ。「ぉどぁやっ！」って云ってね。子供の時分には、前列のほうに居る人に叱られているのかと思いましたよ（笑）。なんだか、「バカっ！」って云われているような気がしてね（笑）。子供心に、（ああそうか、この役者はバカなんだ）と思いましてね（爆笑）。で、あたしも一緒に、「バカ！」って云ったときがありましたね（笑）。今思うと、随分失礼なことを云ったと思います。

歌舞伎のほうはそうですが、この花火は違います。あれが、ピューッと上にあがって、パァーンと開いて、この火の粉が模様を描いて、水面に落ちるまでを誉めなきゃいけないそうです。ですから、相当肺活量がないと誉められないですね（笑）。

「上がった！　上がった！　上がった、おい！　たまやぁぁぁぁぁぁぁぁぁぁぁぁぁぁぁぁぁ、……ジュウ」

なんてねぇ（笑）。しかし、あれは本当は鍵屋さんが老舗です。鍵屋さんは、今でもずぅーっと出自の方が居まして、……あたしゃぁ、何年か前でした。十四代目の方が江戸川に住んでらして、「ウチが本家なんですよ」と話されていました。で、鍵屋に奉公していた人が、玉屋という店を開店したんだそうですが、ここが出火いたしまして、それが為に取り潰されております。だから、鍵屋さんは、今も残っています。

江戸は百万都市ですから、五十万が町人、五十万が武家ですから、武家は老舗の鍵屋のほうを応援するんですが、なんか冴えないですね。侍《さむらい》の声援ってのは。

柳橋あたりの料亭で、酒を飲み交わしながら、

「見事な花火でござるな、近藤氏《うじ》」

「如何にも、見事。誉めてつかわしなさい」

「左様か、……（小声で）鍵屋」（笑）

何て、面白くも何ともない、これはね。

花火の夜は、橋の上で皆、町人衆が、「玉屋っ！」と云うのが、

「橋の上　玉屋　玉屋の声ばかり　何故か鍵屋と云わぬ情なし」

「見渡せば　月ゆき花火　橋の上　値千万　両国の景」

人生はクイズ番組じゃない

一九八八年八月十七日　イイノホール
にっかん飛切落語会　第一五五夜『藪入り』のまくら

お運びでお礼を申し上げます。

子供さんってぇのは、これはどなたにとっても可愛いものですが、もっとも可愛いというのは、まぁ、三歳……、あるいは五歳ぐらいまででしょうねぇ。中学生になると、逆らうと何されるか分かりませんから（笑）。

まぁ、だいたい二、三歳で、教えた片言の歌を唄う――なんてぇ云うときが、一番可愛いときでしょうね。

「おい、おおい、お光《みつ》、いいよぉ。そんな仕事なんかほっぽらかしてよぉ。ちょっとこの子が気が向いて、今、唄い出すからよぉ。おい、聴けよ。おおい、仕事はいいってぇんだ。ちょっと、聴きなよ。この間俺が教えた歌をね、上手《うめ》ぇんだ、こいつ、唄うんだよ。いいから、子供ってのは誉めると調子づいてドンドン唄い出すから、いいから誉めてやれってんだよ。なぁ、ほい、唄いなよ、おい？　この間、教えたろ？　ほら、『花』ってのを。

♪　春の　うららのぉ
おお、いい！　いいから誉めろってんだよ（笑）。

♪　春の　うららのぉ　隅田川」

「まぁー本当に、タァーちゃんは上手」

「今のは俺だよ。バカだね」（爆笑）

そんなことを云ってるときは、まぁ、華でしょうね。

これが段々成長する。小学校、中学、高校、大学と行くのが現在ですが、前《ぜん》にはそうじゃありません。だいたい十一歳、まっ、只今の小学校五年くらいになりますと、奉公と云うものをさせます。これが今の勤めとは、訳が違います。

今は勤めて、給金をもらってそしてぇ、やれ、土日が休みのところもあり、何も祝祭日は休みです。ところが前《ぜん》には、ひとたび奉公したら十年の年季と云う奴で……。だいたい十一歳で奉公をして、二十一歳の十年間。これを勤めあげますと、もう一年お礼奉公と云う、（今まで、読み書き算盤、その他諸々を教えてくださいまして、ありがとうございました）と、そのお礼に無給金で一年間勤め、都合十一年勤めて、まぁ二十二歳、現代《いま》で云う大卒ぐらいの歳で、社会へ出ます。そのお店に居る場合もあります。これは俗に手代と云いますね。小僧から一段階上がって手代。

そして勤めますと、だいたい三年ぐらいは里心が付くからと云って、家へ帰してくれない。例えば、お家が虎の門にあって、で、お店がここ（イイノホール）にある。ところが、自分の家に帰ることが出来ないんです。これが帰ったらエライことになります。それからなんか用事を云いつけられると、皆、小僧さんてぇものは、駆け出して行ったそうですね。歩いていると、

「グズグズすんなぁ！　そんなことで、一人前の商人になれるかぁ！」

ってなことを云われて。ですから、皆、もう当時は小僧たちは、何か仕事を言い付かると、ピーッと駆け出して、パッと帰ってくる。で、お金を落としたり何かすると、もう、しくじるとダメ。

「ああ、あいつはモノの役に立たない」

「もう、将来性がない」

ってことを、烙印を押される。怖いものですよ。あの、今でもね、これはつい

今年あった本当の話ですが……。

（名前を）云えば、もう皆さんご存じの役者さんです。その役者さんのご子息が、テレビ局に入社したんですね。それで、営業のほうへまわされまして、当然年間も何十億という巨額な額を遣ってくれるスポンサーめぐりをする訳ですね。このスポンサーのところへ行きまして、「この度、私、こういうところに勤めました」と、そこの会社の部長さんに御挨拶、名刺交換をした。と、その部長さんは名刺を見ますと、有名な役者さんの名字ですから、

「失礼ですが、あなたは、あの役者さんのご子息ですか？」

って、云ったら、この新入社員が、

「ピンポーン！」

って、云ったというんですね（爆笑・拍手）。そりゃあ、もう、部長さんは激怒しましてね。

「ふざけた奴だ」

と、すぐにテレビ局に電話して、

「もう、あんたのところとは縁を切る」

たった、これだけのことでね、もの凄い大スポンサーと縁を切られたら大変でしょう？　それから局長はじめ、残らずの偉いさんがね、手土産を持って平謝り、平身低頭して事なきを得ましたが、「彼の将来は、もう、無い」って云われています。

これは、やっぱりクイズ流行《ばやり》の傾向でしょうね。近頃は、問題、答。問題、答。って、何も途中が無いんですね。答えを得る為に人生ってのは紆余曲折する訳なんですが、それが無い。問題を出す。答える。何でも中間を、ボォーンっと抜いちゃって、詰め込んでいっちゃうから、そういうことになるんでしょうね。

陰気な奴は大成しない

一九八九年五月二十二日　イイノホール
にっかん飛切落語会　第一六四夜『反魂香』のまくら

お運びでお礼申し上げます。

今（五代目圓楽の出番の直前に『長屋の花見』を披露した）の（春風亭）愛《あい》橋《きょう》（現・瀧川鯉昇）君の師匠の（八代目春風亭）小柳枝、前名をとん橋と云ってておりましたがね、良い噺家だったんです。ところが、どうした弾みなんですかね。あたしどもと一緒に噺家やってまして、楽屋の評価も高かったんですがね。一九七七年に廃業して、出家したんです。わたくしが（昭和）三十七年に真打になって、その二年後の三十九年、ちょうど東京オリンピックの開催の年に、彼が真打になったんですがね。

たいへん面白い噺家なんですが、非常にハニカミ屋でしてね。よく噺家って云いうと、出しゃばり屋だとか、なんだとか思いがちですがね、意外に恥ずかしがり屋って多いんですよ。ウチの弟子にも、洋楽って云う……、これは函館のちょっと先の開陽丸が沈没したとこの出なんですがね。もの凄いハニカミ屋で、今二つ目で居ますがね。

「（高座に）出なさい」

って云うとね、

「嫌《や》だ」

って云うんですよ（笑）。

「恥ずかしい」

って云うんですよ（笑）。で、お客が居ないと（高座に）出て行くんですよ（爆笑）。ヘンな男が居ましてね。で、まぁ、良い塩梅に、（若竹は）客無風《そういう》ですから、人気も出ないしお客も来ない（爆笑）。で、御存じの通り、場所も悪いし（笑）、孤立してるから、（寄席の）若竹は客が来ない（爆笑・拍手）。だから、悠々と演ってますよ。だから、そういうもんでしてね。なんか、小柳枝もそういう感じでしたね。何となく、こうね、ハニカミ屋でね。それで何時もね、聖書を読んでましたよ（笑）。

……噺家って云うとね、くだらない本を読んでいると思うでしょ？　とんでもないですよ。だいたいが皆、そう、まぁ……、最低で『中央公論』ぐらいですか……（笑）。そうなんですよ（笑）。

　よく『中央公論』読んでましたのがね、あの彦六で死んだ林家がね、『中央公論』を始終読んでましたよ、楽屋でね。皆、嫌がってましたがね。楽屋って云うのは、普通賑やかにするもんですよ。それが一人だけ、こうね、『中央公論』を静かに読んでてね。で、不思議なことに、ずぅーっと居て、一ページもめくれないんですよ（爆笑・拍手）。あれ、不思議ですね。それで、あの人ぐらい楽屋の情報に詳しい人は居なかった（笑）。あれ、黙ってぇ、聴いてたんですね、あれ（爆笑）。だから、訊いたら、本名は岡本義《おかもとよし》って云うんですがね。先祖は忍者だったそうですよ（笑）。やっぱり先祖がそうなんですね。

　で、あの師匠はおかみさんを、おマキさんと云いましてね。で、始終こうやって……、だから、

「林家正蔵とかけて、二宮金次郎と解く。その心は、長年薪（マキ）を背負ってる」（爆笑）

　こらぁまぁ、長屋中の傑作でしたがね。確かにあの人の人柄を知っている人に

は、非常に良い謎かけなんです。

まぁ、いずれにしても、そういう人が多かったですよ。で、楽屋で陰気な人は、高座で陽気かって云うと、そうでもない人も居る。陰気のまんまの人も居ますね。また、楽屋が陰気で高座が陽気の人もありますしね。まっ、人は様々ですが。……でも概してね、楽屋で陽気な奴が、だいたい世の中へ出て行きますね。楽屋で陰気な人ってぇのは、どうもね、うーん、段々段々人が寄り付かなくなるし、駄目になっていく。先ほどの小柳枝も、段々陰気になって来ちゃってねぇ。良い芸だったんですよ。なのにねぇ、陰気になっちゃって。それで、酒浸りになって、それで出し抜けにね、

「聖《ひじり》とは何か?」

なんて云ってね。で、

「分からねぇ」

って云ったら、

「御仏《みほとけ》とは何か?」

か何か云うんですよ(笑)。で、眼は据わっているんですよね。何か気持ちが

悪くてね、

「俺は学問がねぇから知らねぇよ」

って云って、逃げちゃったことがありました。その頃から仏像を彫りはじめたりなんかしましてね。で、今、愛知県のお寺へ行って、まぁ、かみさんとも別れて、ひとりになって、雲水になったりね。……さっき楽屋で訊いたら、愛橋が云ってましたが、そのお寺もつい一昨日、酒飲んでしくじって、また飛び出したそうですがね。どこに居るんですかね。まさに行雲流水で、うーん、不思議な男です。

そういう、その陰気な人って云うのは、あのう、やっぱり陰気な友達を求めるんですね。ある若い落語家でこれも筋は良かったんですが、高座が陰気でしたね。そういう連中が集まりますとね、自分の芸がしっかりしているだけに、こう飲みながらね、こう何か、お互いに慰め合うんですね。

「うん、おめぇの芸は良い。だけどもお客様に受けねぇ」

とか何とか云って、

「そうだ。近頃、世の中が悪いんだ（笑）。客が悪いんだ（爆笑）」

段々段々ね、こう他人のせいにしていくんですよ。それで、お互いに慰め合ってね。そして、ダメになっちゃうんですよ。

そういうときにね、芸も何にも分かんねぇでね、ギャーギャーギャーギャー云ってたのが、こん平ですよ（爆笑）。こん平とか木久蔵（現・林家木久扇）とか、何だか分からねぇ奴らはね（笑）、わぁーわぁーわぁーわぁー云ってる内に、世の中に出て来ちゃうんですよ。あのほうが賑やかだから、出しておいてね、「イイ」って云うんだ。テレビなんてね、バカげた騒ぎ方していて程々ですよ。せんだみつおなんか、ここへ連れて来てごらんなさい。煩くてしょうがないやぁ（笑）。「煩い」ぐらいで、ちょうど良いんです。だから、そういうの出しておくと良いです。だから、陰気な人だとね、全体がダァーッと陰気になっちゃうんですよ。そうすると、番組を観てくれなくなっちゃうんですよ。

え〜、ですからね、この間ね、（何でフジテレビがね。こう視聴率が良いとか、人気があるんだろう）と思ってね。観てましたらね。だいたいどこの局と比べましてもね。あそこはね、言葉、トーンがね、高いです。普通コマーシャルになるとね、音量が上がるんですよね。その音声がね、コマーシャル音声と同じぐらい。だいたい各局ね、統一されているんです。あそこだけは、その禁を犯してますね（笑）。声が高いです（笑）。それだけやっぱり訴えるものがある訳ですね。そして、更にね、画面が明るいです。夜でも何でも明るくしちゃう（笑）。そのほうが良いんですよ。

日本テレビは総じて暗い（笑）。あたしの大好きなテレビ局なんですがね。だからこの間の「杉良太郎アワー」って云うのは、ユニオンって云う『笑点』作っている番組の子会社の製作ですからね。（大事にしなくちゃいけないかな）と思ってね、あたしも観ましたよ。そしたら、あれも暗いですね。ああ暗くっちゃいけない。で、彼がリアルな芝居をしているんですよね。ああなっちゃ、ダメなんです。リアリティがあっちゃダメなの、杉良の芝居に（笑）。杉良とかね、その長谷川一夫とか、高田浩吉とかってのはね、薄情でいいの。あの高田浩吉っつぁん何かはね、『伊豆の佐太郎』ってぇの演ってね、自分の恋人の親父が悪党に斬り殺されてね。斬殺されて、

「とっつぁーん、何で死んだんだぁ！」

って、斬られたから死んだんだ（笑）、当たり前（笑）。いちいちそんなのセリ

フで云うことはない（笑）。で、次の場面になるとね、豆絞《まめしぼ》りの手拭《てぬぐ》いを頭に巻いて、で、三味線弾きながらね、

「♪　白鷺はぁ～　小首かしげて　水の中」（笑）

って、くだらねぇ歌、唄ってね（爆笑・拍手）。それで女が振り向いて見るんですよ（笑）。あんな世の中に薄情な男てぇなぁありませんね（笑）。自分の恋人の親が昨日殺されたのにね、あくる日、歌ぁ唄ってやがぁんの。そういう調子じゃなきゃ、ダメなんですよ。そんなのはリアリズムで押したんじゃダメです。

だから戦後すぐにヴィットリオ・デ・シーカ（映画監督）ってのはね、やれ『自転車泥棒』とかね、『靴磨き』とかねイタリアン・リアリズムの映画がね、ちょっと流行ったんですよ。……面白くないですよ、そうでしょ？　靴なんか磨いてたって、面白くねぇじゃない（笑）。

だから、そんな芝居しなくていいのにね。だから、ありゃぁ（杉良太郎）始終ね、流し目してりゃぁイイの（笑）。むやみに、目ぇ流してりゃぁ（笑）。……奴は生来陰気ですからね。

あたしゃぁ、オイルショック前の『オールナイトフジ』でね、あたしのコー

ナーがあって、だいたいあたしはいい加減だから、『笑点』やってもね、問題出すんの忘れちゃったりね（笑）。いろいろあるんですよ。だけど、皆が救ってくれるから、何とか保《も》っているんですがね。大雑把だからね、他の笑点メンバーは全員緊張していますよ。司会者が何を云うか、どうなるか。分かんないから（笑）。テレビ局から、

「悪いけど、師匠ね、座布団取ってよ。今週はね、賞品がないから」

って云うとね、面倒くせぇから、一遍に取っちゃうしね（爆笑）。面倒くせぇんだ、一枚っつ取るの、ちびちびやるのね（笑）。じれぇってから、もう、全員の全部取っちゃえば、そうすりゃ、どうってことないでしょ？　……あんなの取ったからって、どうってことないんだ（笑）。で、今に座布団に画鋲を撒こうかと思っている（爆笑）。

とにかくあたしのコーナーは大雑把でね、何時でも、台本を見せてあげてもいいですよ。

「ここ、圓楽、よろしく喋る」

って、ただそれだけ（爆笑）。いつもそうですよ。

「ここで圓楽が十分間」

なんてね、そう書いてあるだけなんです。一応、構成上ね。そういうコーナーでね、そこへ杉良がね、海軍の制服何かを着て、海軍の歌を唄ってましたよ。『あゝ江田島』なんとかってね。元々、唄ぁ下手でしょ（笑）。面白くも何ともない。だから、売れない訳ですよ。で、小野（満）さんが、スイングビーバーズのね。あの人が、いい音を出してくれるんだけどね、ダメなんですね（笑）。で、当人も（唄ぁダメだ）と思っているから、役者になったでしょ。そうしたら、あいう風にね、何だか知らないけど人気が出ちゃった。

だけどね、唄がダメだから役者にはなれるけど、唄がダメ、役者がダメで、噺家になるって奴居ないんです。だから、噺家は如何に難しいか分かるでしょ（爆笑）。役者は誰でもなれるんです。唄の半端な奴ぁ、皆、そうでしょ？　歌手のダメになった奴（笑）、何かのダメになった奴、皆ぁ歌を唄うでしょ？　歌は誰でも唄える。だけど、噺は出来ない。うん、一人で演るんですからね。背景も何も無いんです。

それから、動かないでしょ？　これが芸のあるところなんです。だいたい芸の無い役者を観てると、皆ぁ走りますよ（笑）。『太陽にほえろ！』でもね、今の『ゴリラ（警視庁捜査第8班）』でも何でも、観てごらんなさい。芸の無い奴ぁ、皆ぁ走るから（爆笑）。駆け出すと、飽きないんですよ。ここで、誰か駆けてご覧なさい。飽きねぇから（笑）。早い話マラソンなんか、あんな単純なレースは他に無いでしょ？　あれに落とし穴があったりなんかするなら、面白いですよ（爆笑）。四十二・一九五キロをただ走るだけで、バカみたいな競技でしょ。で、あれ競技場に居る客は（笑）、何なんですか？　メインスタジアムに居る人は？「行ってらっしゃい――」って走って（笑）、二時間十分ぐらい待ってるんすか？こうやって（爆笑・拍手）。何だか、訳が分からない。だから、走れば飽きないんです。

我々こうやって座りっ放しでね、仏様の鈴《りん》みたいですよ。で、結構何とか、まぁ退屈する方もいらっしゃいますが、何とか保《も》つでしょ？　だから、ここがね、不思議なとこなんですよ。

だから、落語とカモシカは、日本にのみ生息すると云う（……爆笑）。フッフッ、だから、あれですよ、一昨日のオーストラリアの新聞にね、出ちゃったんですよ、噺家。「不思議だ」（笑）、「理解出来ない」って彼らは（笑）。そりゃぁ、笑い話はどこの国でもあるんですよ。

「ロナルド・レーガンが、大統領になったとき、ハリウッドの人々が集まって、

『だからあいつに良い役をやっておけ』

って、そう云ったじゃねぇか」（笑）

だとかね。小噺は幾らでもある。あるんですがねぇ、だから『クロコダイル・ダンディー』とか、ああいうユーモアとかナンセンスとかは、あるんですよ。

「生まれた年はいつだ？」

「いや、年なんか宇宙から見れば関係がねぇ。俺を育ててくれた人が云った。……夏だ」

なんて云うね、そういう会話をしますね。そう云うのは、あるにはあるんですがね、一人で座ってね、喋ってね、外人が観ると何か不思議に思うんですね。

（何なんだろう？）

洋服着て何か演ってりゃぁ、

（あっ、漫談だな）

っていうの分かるんですよ。居ますからね、ボブ・ホープだとか、ダニー・ケイだとかね、レッド・スケルトンとか……。レッド・スケルトンなんて、ただワンパターーンですね。ただ、酔って、こうやって、

「ウッへ、オッへ」

こう演るだけ（笑）。芸ってのはそれだけですよ。ジェリー・ルイスなんか一人になっちゃって、

「アッ〜ツィ、アッ〜ツィ」

って、云ってるだけでしょ（笑）。何にも無くて、あれでよく保《も》つなと思うんですがね。いずれにしても、エディ・マーフィーのギャグなんて知れたものですしね。だから、噺家ってのは、あたしは凄いと思いますよ。

陽気な奴は、やっぱり世に出てきますね。陰気なのばかりじゃダメなんですよ。この陰陽の作用が上手くいくと、よろしいんですね。だから喜劇役者でも、笑わぬ喜劇役者と云って、バスター・キートンなんて笑わなかった。で、あたしはテレビに出るとゲラゲラ笑うでしょ？　するとね、

「おめぇは笑いすぎる。だいたいね、人を笑わすものは、自分は笑わないもの

だ」

そんなのは、古いんですよ。五十年前の喜劇役者のスタイルなんです。だから、それで、バスター・キートンはダメになった。今は、益田喜頓《ますだきいとん》って日本に役者いるでしょ？　あのバスター・キートンから、とったんですよ。それで、益田喜頓と名乗ったんです。そういう人も、結局人気がダウンしちゃった。

チャールズ・チャップリンの芝居なんか観てて感じるのは、笑いがあって、ペーソスがあるでしょ？　それだから、保《も》つ訳ですよ。笑いが無かったら、保《も》たないですよ。笑いってのは、心のニュートラルですからね。

だからね、日本人はしかめっ面しているから、分からない。で、外人には、富《フ》士山《ジヤマ》、腹切《ハラキリ》、芸者《ゲイシャ》ガールなんてねぇ、誤解されちゃってます。結構、そうじゃないですよ。日本だって笑いはあるんですけどね。

で、今もってパリでロングランされているのが、小林正樹の『切腹』。あれは、昭和三十年代の後半でしょ？　いまから二十七年前の作品ですよ。仲代達矢の若い頃のね。それをローマ字で、『HARAKIRI』なんつって。だから未だに日本人は切腹していると思ってるんですよ（笑）。冗談じゃないってぇの。

切腹なんてやる奴、居やぁしません。皆、一服したって煩ぇんだから（爆笑）、嫌煙権主張して。……だから、そういう誤解されちゃうんですね。こんなモノやったって全然ダメなの。

そこへいくと吉田茂なんて人は、面白かったですね。あの人はどっちかと云うと大言壮語癖がありました。そういうところがあたしは好きですがね。おらが大将と云われた田中義一が、

「総理の秘書官やらないか？　吉田くん」

って、云ったら、

「嫌《や》だ。……俺は総理をやってもいいけど、秘書官は御免こうむる」

って、断っちゃうんですがね。そういう人ですから、だから、大言壮語癖あると云われたんですが、実際に総理になっちゃったんですからね。で、（総理に）なったけど、今度なったら選挙に出なきゃいけない訳ですよ。彼は東京で育って、ロンドンへ行ったりなんかしてるでしょう。で、英語なんか喋れないんだから。駐英大使やったから、英語喋れるかと思ったら、喋れないんですよ。で、落語が好きでね、大磯に隠居したときに噺家ばっかり呼んでましたよ。

「他の奴と喋るの嫌《や》だ」って（笑）、云ってね、「洒落が分からねぇ」って。本当にこれ実話なんですよ。「嫌だ」って云って、「野暮な奴とは」ってね。「くだらねぇ質問ばっかり繰り返して」てね、嫌だって。

だけど、自分が総理になったからには、選挙に出なきゃならないでしょ、議席を獲得しなきゃ。それで、高知県に行ったんですよ。そうしたら、嫌なんですよ、行くのがね。で、本籍は高知ですから。で、オーバー着てね、寒いから。それで昭和二十年代ですからね、トラックの荷台にのぼってね、

「吉田茂であります……」（笑）

って、演ったって。そうしたら、反対派の連中が、

「おい！　立候補者！　その外套ぐらい脱げ！」

って、云ったら、

「これが、外套（街頭）演説であります」（爆笑）

なんて、演った。それでも、笑わなかったそうですよ。で、「反感かっただけだった」って云ってましたね（爆笑）。だから、当人が、

「嫌だ。そんな奴と話ししたくねぇ」

って、云ってね。嫌だって。だから。国会でもね、もう何度も同じことを云われると、「馬鹿野郎！」なんて、つい云っちゃうんですよ。すると、「何を云う！」って、反対派が失言を待っているんですからね。じれったくなっちゃう、じりじりしちゃう。ああいう利口な人は話が飛躍しますからね。で、

「英語なんか、イギリスじゃあ、子供でも喋る」（爆笑）

そういうこと云う人なんです。当たり前ですよ（笑）。云ってることが全部《みんな》面白かったですよ、話してて。あたしは随分参考になったからメモしてありますよ（笑）。

「車は後ろに乗れ」

って、ね。

「運転なんかしちゃいけない。男なら、後ろに乗って座ってろ。それが、男だ」

って、云ってましたよね。そういうことを常にねぇ。人様と相容れない部分が多々ありましたでしょう。

まぁ、いずれにしてもね、吉田茂さんは、逢えば陽気でしたよ。やっぱりね、陽性のほうが合ってる。だから、田中の角栄さんでもね、そりゃぁ、ああでもな

い、こうでもないといろいろとありますよね。そりゃぁ、悪い部分もありましょうがねぇ。陽気ですよ（パッと扇子を広げて、バタバタと扇ぎはじめる）。こうやってね（爆笑）。流石《さすが》ぁ、こん平ン家《ち》の側《そば》だなぇって思いますよ（爆笑・拍手）。

「（田中角栄の声色で）まぁまぁまぁまぁ」（爆笑）

って、ね。何だか知らないけど、陽気だ。陽気なほうがいいですよ。どうも陰気な奴は、嫌だ。

「こんにちはー」

って云うとね、家の中ぁ真っ暗にしてぇ、

「今、死のうと思ってんだ」

なんてねぇ（爆笑）。そういう家はあんまり遊びに行きたくない（爆笑・拍手）。

浄瑠璃を三段聴いて目をまわし

一九八九年九月十八日　イイノホール
にっかん飛切落語会　第一六八夜『寝床』のまくら
※五代目圓楽が私財を投じて作った寄席「若竹」の経営難が報じられた

お運びでお礼を申し上げます。

え〜、（「若竹」のことは）そんなご心配をすることもありませんので（爆笑）。え〜、わたくしどもの寄席《とこ ろ》はね、おかげさまで閉めれば黒字なんでございます（笑）。開けるとね、照明と冷房の電気代でね（笑）、もの凄くお金がかかるんですよ。トータルしたらね、月に九十万円くらいかかるんです、今。だからね、電気消して暗くしときゃぁ（笑）、儲かるんです、ええ（爆笑）。変なところですね。なんか『壺算』みたいな感じがしますよ（笑）。だから別にね、そんなことの心配はいらないんです。あたくしどもがね、噺家になった三十五年前もそうでございましたよ。

芸が巧くて、わたくしどもが足元にも及ばないような人が、そりゃぁ素敵な人が綺羅星の如くいらしていた。だけど、お客様は来ない。あのう、俗に我々は、「つ離《ばな》れ」と云います。一つから九つまでは、「つ」を使いますよね。で、十は「とっつ」とは云いませんよね。従って、十人以上お客様がいらっしゃると、「今日は、『つ離れ』したよ」って、喜ぶんですよ。……だって、出演者のほうが、お客さんよりいつだって多いんですよ（笑）。そんな上手い人が、……だから、芸の巧さと観客動員とは比例しないってのは、分かりましたですね、その頃から。だから、（どうやったら良いんだろう？　どうやったら良いんだろう？）って云う結論がつまり、じゃあテレビに出てタレント性を持って……、で、テレビ人気。だから、逆ですわね。昔は寄席から、こう、出たんですが、わたしどもの世代からは、皆、テレビの人気を寄席に持って来た。

あたしが二つ目のときには、四年間でしたがね、憶えてますよ、ちゃんとした（寄席の）出番ってのは、五十日しかなかった。あとは、予備（芸人）だったんですよ。千何百日あってね、楽屋で着物着て、（芸人の）穴が空いたら出るんですよ。うん、だけど穴なんか空かないから、出やしませんよ。出られないですね。だって、寄席は営利を目的としてますから、やっぱりねぇ、素敵な人を順番に出しますでしょ？　だから、わたくしどもなんか、名もない、売れてないから、出番なんか無いんですよ。だから、そういう上手な人が出ても、お客さんがいらっしゃらないんすね。

昭和四十年代、わたくしどもがタレントブームのはしりですが、わぁーっと人気が出たら、途端に何だか知らないけど、もの凄く客が来ましたね。「あれ、あれ、あれ」と云う間に。

だから、逆にあたしゃぁ、あたしたちが今まで思っていた噺家イメージって云うのを、払拭していかなければいけないいんじゃないかと……。だから、洋服着て演ったって、それは落語なんですよね。だからね、そういう時代にドンドンなって行く訳ですよ。冷蔵庫だってそうでしょ？　あたしどもが小さい時分は、中に氷を入れて冷やすんですよ。今はそうじゃない、電気で冷やす。なので、外側はそんなに変わらなくても、徐々に徐々に変わっていく。そういうものです。だから、わたくしどもの教わった明治二十年代に生まれた噺家の師匠方に伺ったら、

「あたしたちだって、江戸弁は（日常的に）使ってないよ」

って、云ってましたよ。「本当の江戸弁使ったら、分かりゃしねぇ」……そう

いうもんですよ。だから、勝海舟の『氷川清話《せいわ》』なんか読むと分かりますね、本当の江戸弁は。十返舎一九の『膝栗毛』なんかも、そうでしょ。何か洒落や冗談を云うと、

「おきゃぁがれぇ」

なんて云うでしょ。「おきゃぁがれぇ」なんて、今云ったら、分かりゃしませんよ。つまり、「冗談はそっちへ置いといて」と云う意味合いでしょうがね。そういう風な調子で喋ったら、分かりゃしませんよ。だから、分かるように時代時代によって、こう、直しているんだということを、云っておりましたよ。……それで、よろしいんでしょ？　そうでないと、あんまり頑なに教条的になると、もう滅びちゃうですね。

明治の初期にねぇ、三田村鳶魚《みたむらえんぎょ》さんが、「落語というのは、文化文政が全盛でね、あとはもうダメだ」

って云ってますよ。

それが（初代三遊亭）圓朝が出現して、当時の御維新で江戸から明治になります。東の京都、東京《とうけい》となる。さぁ、こうなりますとね、日本全国から一極集中

で、ばぁーっと一旗組《ひとはたぐみ》が来ますわね。そういう連中は、「東京へ来て、一旗揚げよう」……、そのニーズに応えたのが、圓朝なんですよね。だから、塩原太助と云う様な……、

「本所に過ぎたるものが二つあり　津軽屋敷に炭屋塩原」

と、サクセス・ストーリーですね。

「斯々然々《かくかくしかじか》やれば、出世できるんですよ。お金持ちになれるんですよ」

って云うのを、ドーンとやったの。だから、圓朝は、だぁーっと明治随一の巨匠になった。

ですけど、これも明治二十五年でもうダメなんです。だいたいもう都会化してきてね、皆が洒脱になっていくと、そういうのはダメになって来てね、ステテコの圓遊なんて……（柏手）、その頃の評論家の方たち皆さんが蛇蝎の如く、「圓遊なんて噺家じゃない」って評する。だって、圓朝の一門ですら、圓遊が出ると「嫌《や》だ」って云った時代があったんですよ。

ですがね、そのステテコの圓遊が、今日我々が演っている『野ざらし』やなんか、みんな解釈した訳ですね。改良した訳です。それが残っている訳です、主流

として。だから、亡くなった文楽（八代目）さんが演った『よかちょろ』なんかもあれ『山崎屋』って云うね、廓噺《くるわばなし》の前半を（初代三遊亭）遊三《ゆうざ》と云う人が改良したんですね。それが残っている訳ですよ。

ですからね、評論家の型にはまろうとして、誉めてもらおうと思ったら、ダメになっちゃうんです、その業界は。講談がいい例でしょ？　ドンドンドンドン皆ねぇ、評論家の方々も、良いことも云ってくれるんですよ。それも大事なことなんです。大事なことなんですが、その通り、その鋳型にはまっていくと、ダメになっちゃうんですね。だから、そこが難しいところでしょうね。

まぁ、ですがね、あたしどもはこうなって驚きましたよ。タレントになりましたらね、あたしなんか、今はカラオケなんかありますけれど、この（にっかん飛切落語会）審査員をやってらっしゃる保田（武宏）さんなんかね（歌が）上手いですよ。もう、ちょっとね、プロ（の歌手）が北に向かって飛んで行っちゃうくらい、実に見事なね、声も良いしね、よろしいですよ。だけど、云わなきゃ分かんないから、云いますけどね。あたしだって、（歌が）上手いんですよ（笑）。それが証拠にゃぁ、保田さんは上手《うめ》ぇけど、レコーディングしてない。あたしは、ちゃんとレコードを入れてるんですよ（笑）。あたしは、歌手なんですよ（笑）。落語も東芝ＥＭＩで入れてはいますがね、その前にね、テイチクでね、「石原裕次郎、三波春夫の二人がいる。どうしてもね、三本柱で成立させたい」だから、「師匠、あなた、唄ってくれ」って、「嫌だ」って云うのに無理やり、『男の勝負』と『好きなひと』って、これ幻の名曲と云われているんです（笑）。あたしですら、このレコード盤を持ってないんですがね（笑）。だから、あたしはカラオケなんかじゃ唄いません。フルバンドでないと（笑）、……だってキーが合わないんすもん（爆笑）。皆さん笑っているけどね、

「♪　二人のためぇ〜」

……止そう、ね？（拍手）あのねぇ、あたしの音ってぇものはね、時代が少し早すぎたんだそうです（笑）。だから、あと十年遅かったら、大変だったたって。菅原洋一はダメだったたって、云ってます（笑）。そのくらいね、良かったんですがね。ああ、時代でございますね。

ですけどね、わたしたち小さい時分は、まだ良かったですよ。あのう、銭湯やなんか行くでしょ？　そうするとね、たいていねぇ、年配の方が、

「♪　去年の秋の患いで、いっそ死んでしもうたら」

とかね。浄瑠璃やなんかの一節を演ってましたよ。うん、だから、もう、子供でもね、「別れろ切れろは芸者のときに云うことよ」なんて云うのは、もう新派の狂言で有名でしょ？『婦系図』で。従ってね、あたしの同級生でね、隣のお寺のね、久子ちゃんってね、その子と小学校同級生でね。で、まあ、彼女は女学校へ行く。あたしは別の中学へ行く。そうするとね、分かれるときに、『蛍の光』を唄ってね、

「じゃあ、久子ちゃん。またね」

って云ったら、

「別れろ切れろは芸者のときに云うことよ」

なんてね。まだ、十二歳の女の子が、そんなことを平気で云う。そういうの知ってたんです、皆ね。今は、段々段々、こう偏差値のやかましい時代になると、んなものを憶えていたら、とてもじゃないけどね。学校へ行けませんから、わたしどもの頃はくだらないことをたくさん憶えておりましたね。ですから、そういう点で後々たいへんにそれが財産になってますね。

居ましたよ。何だかね、お風呂へ入ると唄い出す人が居ましたね。また、銭湯なんかですと、エコーするんですね。だから非常に自分の声が、バァーンと響いて上手に聞こえるんですね。だから、裕ちゃんなんか実際に唄ったら、上手くないんですよ（笑）。だけど彼の場合、ワザとエコーマイクを使ったんです。だから彼の唄は非常に魅力的なんですよ。だから湯の中で歌う、そういう作用をしたんでしょうね。

演ってましたね。何だか、分からない都々逸なんか演ってましたよ。

「♪　さぞやぁ　さぞさぞぉぉぅ　さぞさぞぉぉぉぅぉぅ　さぞやぁ～」

なんてね（笑）。実に下手なんですよ（爆笑）。ところがね、あのう、やっぱりヨイショが世の中に居るもんでね、（古今亭）志ん駒みたいな奴がね（笑）、「♪トントトン」なんて、調子付けやがって（笑）。あの志ん駒って奴は、ヨイショで有名でね。だから、あいつ、指紋が無いんですよ（笑）。……警察で驚いちゃった。指紋が無いんです。そのくらい（揉み手をして）、上手いんです。それから、中には浄瑠璃なんか演っている人が居ましたね。その浄瑠璃も、あんまり品が良くないんですよ。肩から手拭いをかけて、熱い湯につかりながら、

「♪　わたしの臍《へのこ》の真下より　滾《たぎ》りし湯玉は身にしみて　インキンタムシが痒いのをぉぉぉ　どうまぁ堪えてぇちぇぇぇいらりょうかぁ」（爆笑・拍手）（湯船から）出りゃいいんですよね（爆笑）、あんなこと云って。品の悪いのを演ってましたね。

品が良いてぇば、あれは山城少掾《やましろのしょうじょう》でしたかね。あたしは、もう、最後だって云うんでね。凄かったですね。東横ホールへ、聴きに行きましたよ。前列でね。で、あの方たちはすがね。現れ出たる《いで》……、あの『太閤記十段目』、俗に云う『太十《たいじゅう》』なんか演ってたんですね。あれ、本来は明智光秀でしょ？　あれをあの、浄瑠璃のほうは、武智光秀と云うんですね。

「♪　現れ出《いで》たる」

って云うと、ドドン！　ジャジャーン！　っと、合戦のときですからね。音を入れる訳ですね。

「♪　武智ぃ！　光秀ぇぇぇ」

って云ったら、前の人がほとんど鼓膜破れましたよ（笑）。もの凄いですね。だからね、なるほどね、あれはその、ああ云うしかし上手な人が、国宝クラスの

人が演るからそれがね、こう大きな声を出しても、ウワッと力が入ります。下手な人が演ったら、堪らないすね。だから、

「浄瑠璃は、親戚だけが二段聴き」

って川柳が残ってます。

「浄瑠璃を三段聴いて目をまわし」(笑)

なんて云うね。あれ、下手なのは聴けたもんじゃない。ですから、蜀山人が五《ご》色《しき》に歌い込んでますね。

「まだ青い　素(白)人浄瑠璃　玄(黒)がって　赤い顔して　奇(黄)な声を出す」

なんてのがございます。

「落語が好き」と、「落語家が好き」と

一九八九年十一月十五日　イイノホール
にっかん飛切落語会　第一七〇夜『狂歌家主』のまくら
※桂米朝が圓楽の前に『壺算』を披露した

お運びでお礼申し上げます。

先だって先ほど出ました（三代目桂）米朝さんと、今月の六日で、もう十五年も続いているんですが、長野の落語会。これはあの市民会館ですから、二千人入るんですが、いつもいっぱいになっちゃいましてね。もう、通路まで座って入りきれない。まあ、年にいっぺんのことですからね。で、もう来年の分もその日に売れちゃって、もう券が無いという『ベルサイユのばら』ぐらいの人気なんです（笑）。

けど、米朝さんといろいろと話しをしたんですがね、あの人もわたしと同じ立場で、大阪って云うのはご存じのように吉本と松竹と云うのがありますね。そこ

の両方に所属しないで、あの人はずっと生きて来た人。で、二人とも同じように日本全国を、『水戸黄門』以上に周ってる（笑）。

ですがね、ある程度理解出来るんですが、「怖いこと」なんですね。地方の方は、それだけ都会の文化を吸収したがる。だから、ヘンな頭を叩いたりなんかするようなバカバカしいような――そんなものは「嫌だ！」って云う訳ですね。で、大喜利みたいのを演ると、「そんなのはテレビでいい。観られる。ちゃんとした噺を演ってくれ」と、必ず仰る。ですから地方の人のほうが逆に良い噺を聴いてくれているんです。また、演者《こっち》もご要望に応えているんですね。

来年分（のチケット）も、すっかり売り切れちゃっているんですわね。（柳家）小三治と（桂）歌丸とあたくしの三人で、これは九州ですが福岡を振り出しに長崎、鹿児島、宮崎、大分と云う風に周るんですがね。九州は、毎年いっぱいになるんですが、しかし逆に東京の、あたしが毎年演っております築地の中央会館で、独演会演ってるんです、今は、ひとりで演ったほうがお客さん来て下さるんですよね。それは何故かと云うと、好きになりますとね、嫌いな奴が一人でも出演すると、それが邪魔なんです。嫌なんですよ（笑）。そういうもんなんです。

だから、ひとりで演ったほうがね、ちゃんとした、その好きな人が来て下さるんです。ただね、そういうお客様と云うのは、つまりある一人の人物が好きなんで、落語全体が好きなんじゃないんですね。だから、早い話があたしの師匠の圓生が存命中にね、いらしたお客さんは、ほとんど今は、こうやって見ても居ないですよ。つまり圓生が好きなんです。落語が好きなんじゃない。

あたしなんかはね、落語が好きですからね、誰でもいいんですよ。うん、極端に云うとね、前座の噺でも何でも面白いんです。聴いてて楽しいんです。（こういうのはやがてどうなるのかなぁ？）とかね、（これ一生演ってもダメなのに、よく諦めねぇで……）とかね（爆笑）。（小野道風《おののとうふう》は、こいつをおそらくイメージして、蛙の絵を描いたんだろうか？）とか（笑）、そういうのがね、居ますよ。どうやったって良くならないと云うのがね、うん。枯露柿流《ころがきりゅう》で、下手なりに固まっているのがね、幾らも居ます。それは、それなりに楽しめるんですよね。

あたしと同期で、早くにガンで亡くなっちゃったんですが、吉原朝馬《よしわらちょうば》（三代目）って云うのがね。……下手でしたね、悪《わり》ぃけど（笑）。亡くなった人をそう云っちゃぁ悪《わり》ぃ……、だけど同期生ですからね、まぁ、云うんですけど。志ん生

(五代目)の弟子でしてね、悪いところばっかり、(師匠から)とっているんですよ。

「どこいくのぉぉぉ!」

「……なにぃ?」

なんて云ったりね(笑)。いわゆる「間抜け」なんですね(笑)。もう、間が抜けてんの。悪《わり》ぃところばっかりとっているんです。たたみこむところは志ん生だって、パパパパパパパパァーっと云ってんですからね。鈍《のろ》ぉく喋るときは、アタマからギャンギャンは云いませんがね。もう、たたむところは、タッタッタッタァーっと演ってんです。特にね、『鮑のし』なんかで、もう被せていくところなんか、ダダァーダダァーっと被せていくんですよ。そういうものが、出来なきゃダメなんです。

え〜、文楽(八代目)さんなんかにしたってね、『愛宕山』のあの噺なんか演る時にね、帯を解いて、帯の先に石を結わえて、キュッキキュッキュッてね。これで、ぱぁーっと(崖の)上にやって、それで木の枝にカラァーンと絡むでしょ?これを竹ぇ、キュッキュッと、こうね?やって、竹がしなっていく。それで、それをスッと緩めると、身体が崖伝いに、ピュッ、ピュッ、ピュッ、ピュッ、ひらりぃ！　そんなに上手くいく訳ないんですよ（笑）、どうやったってね。でもね、それをタァーッとたたみこんでいくところに、何とも云えないね、嘘を本当らしく聴かせるだけの術を持ってた訳ですよ。

ですがね、そういうものを好きだという人は、その人が好きなんで、落語全体が好きなんじゃないんですね。だから、わたしみたいにバカみたいに映画の好きな奴ぁ、くだらない映画でも、何でも好きなんです。端物《はもの》、駄物《だもの》、人がくだらねぇって云うものほど好きだ。

で、可笑しいのはね、米朝さんと二人会演って、そうやっていっぱいでしょ。で、あくる日ね、ちょっと泊まったんですよ、長野でね。で、『リーサル・ウエポン』やってるんですよ。長野《ここ》で、観ようと思いましてね。マリオンで観るよりたまにはこういうところで観たほうがいいかなと……。でぇ～、併映してんのがね、イーストウッドの『ピンク・キャデラック』って、これはくだらなかったですね。で、もう、イーストウッドも歳とっちゃってね、『ローハイド』の頃の面影なんか、更々無し。どうしようもないですね。

で、『リーサル・ウエポン』はね、面白いですよ。で、メル・ギブソンは、どっちにしてもオーストラリア育ちの役者ですからね。オーストラリアの人は、あれイギリス人から見れば、ありゃぁ罪人の子孫ですからね（笑）。流刑地ですから（笑）。だから、メル・ギブソン自身もね、あのう、あのアパルトヘイトにね、苛立ちを持っているんですよ、あの人自身も。……黒人も持っているんでしょ？だから、生のまんまぶつかりゃいいんですから、良い映画《しゃしん》が出来る訳ですよ。

パート1はあんまり良くなかったんです。メル・ギブソンが、あの「死にたい。死にたい」ってのべつ云ってってね、何か薄暗い。わたしは、あの、近所のビデオレンタルで借りたんですけど、ビデオ屋でね。それで、観たんですが、（つまんねぇなぁ）っと思って、パート2のほうが面白い。


で、入ろうとしたら、受付の方がね。

「あっ、師匠。どうぞ、どうぞ」

って云う。で、お金《あし》出したら、

「いえ、いえ、お金なんかいらない。早く入って、早く入って」

って、入ったら一人なんですよ（笑）。

で、（誰か来るだろうな）って、誰も来ないんですよ（笑）。あたしゃぁ、アラモの砦に居るみたいでしたよ（爆笑）。援軍来たらず。あんな良い映画なのに。あたしはとりあえず、ＮＨＫのあの、ほら、三百六十五日、ノーカット版の映画を放送してますでしょ？　衛星で。何とかしてね、皆さんに映画を浸透させたいと云うんで、目玉商品としてやっておりますね。あの映画の、何故か選考委員になっているんですよ。

ところが、観ますがね、……ですけども、そりゃぁ、何ですよ、『舞踏会の手帖』だとかね、『天井桟敷《しゃしん》の人々』とかね。あるいは往年のジュリアン・デュヴィヴィエの映画だとか、ルネ・クレール、そういった良い映画《しゃしん》がありますよ。ですがね、それと比べると、今の映画のほうが遥かに面白いですね。あたしほど、好きな奴が観ててもね。ジリジリしちゃって。『天井桟敷』なんか観てるとね。（これ観ながら、死ぬな）と、思いますよ（笑）。あの、もうね、イライラしちゃう！　グズグズしてて。「早く何とかしねえか」って云いたくなる（笑）。あのねぇ、テンポが鈍《のろ》いですね。……そうなんですよ。

ところが、その鈍いテンポが好きな人もいるんですよ。ある年齢が来るとね、早いのが嫌いになって来る訳ですよ。だからね、そういう、余程好きでも、こうなんでしょ? オーソン・ウェルズの『市民ケーン』なんてやってごらんなさい。つまんないから。『戦艦ポチョムキン』なんかね、「映画の原点だ」って云うけど、観たっても面白くも何ともないですよ、あんなもなぁ。今、観れば――ですよ。

ですからね、それほど違っちゃっているんですね、テンポが。だから噺でも、そのねぇ、落語の全部が好きだという方が居なくなったと云うことでしょうね。だから、何を語ったが問題じゃないですね。誰が、何を演ったか――なんですね。だから、ウチの師匠の独演会って云うとね、(二代目三遊亭)百生オジサンがこぼしてましたよ。

「……圓楽さん、地獄やなぁ」

って、……それはだってね、師匠が出なきゃね、ウンでもなければスンでもないんですから(笑)。嫌いなんですから、ほかの奴は。顔を見るの、嫌なんですから(笑)。だから、師匠が出るとウットリして、特に女性の客なんか。なんか、抱かれてるみたいに、こうなってるんですね(爆笑)。うん、何でもいいの。三遊亭圓生が演れば、一挙手一投足、すべてがいい。そういうお客さんですよ。だから、もう、師匠が居なくなると同時に、風と共に去って行っちゃった（笑）。……そういうの、果たしてファンと云えるのかどうか、疑問なんですね。……それは、師匠が好きだったんですよ。だから、落語が好きなんじゃないですね。あたしは、落語が好きですから、何でもいいんです。こうね、下手は下手なりに面白いじゃないですか？（よくぞ、ああ下手に出来るな）って面白い（笑）。……面白いでしょ？ うん、そうですよ、巧い奴なんか、つまんないですよ。

あたしは、ヘボですが、碁ね、とりあえず打ちます。でまぁ、アマチュアですが、有段者ですから、まぁ、遊びに行くと、日本棋院なんかで時々、

「名人戦やってるから、御覧なさい」

ってもらって、観戦するんですよ。……パチッ、パチッ、扇子をやってましてね。こういう扇子じゃないですね、もっと平打ちの白扇をね。……パチッ、パチッ。あたくしは傍で正座して観てる訳ですよ。一時間待って、何にもしないの（爆笑）、バカバカしかったですね、あれは。

我々ならねぇ、二十番ぐらいやっちゃってますよ（笑）。

♪　チャンチャンチャン、チャンチャカチャカチャン（『天国と地獄』のメロディー）

「考えるな、バカ！」（笑）、「下手な考え、休むに似たりだ」（笑）。

なんてね。ボコボコやっちゃう。上手いほど、つまんないですね（笑）。……剣道でもね、つまんなかったですよ。あたしが子供の時分は、上手い人もいましたね。

「お願いします」

と互いに礼をして、ジリッ、……ジリッ、……チャ、それで、やはりね、これも三十分以上睨み合って、それで、

「……負けました」

って、面白くない（爆笑）。面白くないすね、ありゃぁ（笑）。うーん、だからね、上手くなるほどつまらない。下手ほど面白い。

で、ウチ（寄席・若竹）、閉めますけどね（笑）。閉めたから別に、どうってことないんですよ（爆笑）。あのね、いい塩梅にね、文化水準の一番低いのがね、東京二十三区で、江東区と足立区なんですよ（笑）。文化施設が一つもないんで

す。で、「錦糸町は映画館たくさんあるじゃねぇか」って云うと、あれねぇ、江東区じゃないんです、江戸川区なんです。江東区と足立区は何もないんです。それ程ね、文化水準が低い。

　でね、少しレベルアップしようと思って寄席を建てましたが、それが傲慢でしたね（笑）。いけなかった。で、最初に下の階に弟が、まぁ、あたしも好きだし、本屋やって。したらね、電通の人や、博報堂の人がね、もう、採算抜きにしてね。調べて、リサーチしてくれたんですよ。

「師匠、ダメだよ。あそこは、本屋さんなんか出しても、売れないよ」

「じゃあ、何がいいんですか？」

「あそこの人はね、食うよ（笑）。だから、何かモノを食う商売ならいい。本は読まないよ」

　果たして、ダメでしたね（笑）。それで、「虎《フウ》」と云う中華料理屋が出来たら、並んでますよ。あたし、寄席が並んでいるのかと思ったら、中華料理が並んでいる（爆笑）。今日も、弟子が並んでた。とん楽ってのが、やってんです。

（おお、凄えな、あいつ。呼んでるななぁ）っと思ったら、中華料理で並んでいるんですね。そんなもんですね。だから、リサーチはピタッと当たってましたね。でね、近所の文化センターの館長さんが、安くホールを貸してくれるって云うんですよ。だから、そこ借りて十分（寄席が）やれるんです。キャパシティも、これ（イイノホール）ぐらいありますしね。それから、更には、清澄《きよすみ》のね、江戸資料館。ここは素敵ですよ。当時の江戸が知りたかったら、あそこを御覧になると分かりますね。

今から三十五年ちょっと前までは、ここら界隈では、あたしを知らなきゃ潜りだってくらい、ここから、霞町、六本木、あっちのほうへかけて、麻雀やってたんですがね。当時ホテルオークラなんかね、無かったんです。あそこはね、空屋敷でね、化け物屋敷って奴。で、お爺さんお婆さんが留守番してましてね、そこで随分博打やってたんですよ。

それがああやって、繁盛しちゃうでしょ。ほんのあたしは、ついこの間だと思ってましたがね。もう、こうも変わっちゃうんです。このビルも無かったですよ。

当時はね、阿佐田哲也さん、偉そうな本を書いてますけどね、あたしは、あん

まり癪に障るからね、『麻雀放浪記』ね。あれは、大傑作ですよね。大傑作ですが、御託を並べているからね、

「阿佐田さん、やろうじゃないか?」

って当時ね、小島（武夫）とね、古川凱章《がいしょう》とね、阿佐田哲也、三人相手にして、週刊プレイボーイでね。一回じゃ嫌だったんですよ。「十回、やろう」と、それで、これは名誉だからね。勝ったらね、「麻雀新撰組」って阿佐田哲也さんが看板掲げている。

「この看板をあたしにくれ」

って云ったんです。

「勝負《やろ》う」

って、勝負《やっ》たんです。で、あたしがね、七回トップとって、二回二着で、一回が三着。圧倒的勝利でね。看板外して、今でも持ってますよ。

（何がプロだい。しゃらくせぇこと云うな）

と、あたしは命懸けてやってたんだ。おめぇたちみてぇな、そんな小説書きと訳が違うんだ（笑）。あの連中はね、モノを書きゃぁ偉そうなことを書いてます

がね、本物じゃないですよ（笑）。本当にあたしは勝負《やっ》たんだから、だって、実家《うち》のまわりなんて、浅草、……だからあたしは生まれたところをあんまり自慢しないでしょ？　酷いんですから（笑）。

そりゃぁ、寺町でしたよ。寺町はよろしい。だけど、その寺町を取り巻く連中は、寺町を対象にして、ほら、縁日出すでしょ。そういう香具師の連中、……香具師って云うと体裁良いですが、皆、もう、ほとんど九割がたヤクザですから。従って、連中、ほとんど指が無かったですよ（笑）。だから、ジャンケンすると、あたしが勝っちゃうんでね（爆笑）。そんな連中が、ウチのまわりに居るんですから、もう小《ちい》ちゃいときから、遊びと云ったら博打ですもの。だから、もう、「三で死んだか三島のおせん」とか、「思案六法」とかね。だから小学校に入学したとき、「おまえは、数学の天才だ」って云われたんですよ、あたしは（爆笑）。アインシュタインの再来だって、云われたんです。そりゃそうですよ、博打は数学知らなきゃ出来ませんからね。賽子の目なんか、ピャッと来りゃすぐに分かりますですよ（笑）。

ですからね、あんな本やテレビに出て来るインチキ、……本物ってのはテレビに出て来ませんよ、本職の博打打ち。だって、出たら手の内知れちゃうもの。で、イカサマなんかやらないですよ。やらなくても、上手いですよ。あたしなんか、イカサマなんか一遍だってやったことがない。

賭けるのは、云わば、度胸なんですね。（命、いらねぇ）と思えば、たいてい勝つんですよ。本当にそうですよ。皆、命が惜しいからビクビクしちゃうんですよ。

これ、地震があって御覧なさい、直ぐ逃げるから（笑）。ダァーッと、我先にね。悠々としているのは、あたしだけですよ（笑）。で、皆さんを送り出したあとね、紅蓮の炎に包まれて、ニッコリ笑って死んでいくなんてぇのはね（爆笑・拍手）。こんな上手いこと云って、真っ先に逃げたりしてね（爆笑）。そういうもんですよ。

だからね、人間なんていつの世も、大らかにね、生きていきゃよろしいんですよ。春、浮気。夏は元気で、秋、ふさぎ。冬は陰気で、暮れがまごつき――なんて云いますがね。

歌舞伎の名優を語る

一九九七年三月十九日　イイノホール
にっかん飛切落語会　第二五〇夜『中村仲蔵』のまくら
立川談志が高座に上がり『風呂敷』を口演した。

毎度一杯のお運びで、ありがたくお礼を申し上げます。

まあ、只今、酷《ひど》い噺を……（爆笑・拍手）、本当によくぞ我慢してくださいました（爆笑・拍手）。……でもねぇ、可愛い男ですよ。楽屋に帰ってくると途端にね、あたしの前に手をついて、

「お先に勉強させて頂きました」（爆笑・拍手）

あのへんがねぇ、まだまだ、落語家生命の持続するところでしょうね（爆笑）。え〜、何だか、滅茶苦茶ですね（笑）。段々段々、芸が荒れてくる（笑）。もっと以前にはマシだったんですがねぇ。

あたしゃぁ、良い時代に生まれて育ったなと、つくづく自分で思いますのは、生まれた土地が浅草だったものですから、至近距離にたくさん劇場《こや》もありました

から、あたくしが子供の時分にゃぁ、もうエノケン・ロッパは、有楽町のほうへ進出をして、清水金一という人が、大変な人気でしたね。

物凄かったです。これが大勝館へ出て、で、向こうの国際通りの松竹座、今は家具店になってますが、その松竹座では、例の渥美清の初期の『男はつらいよ』のおじさん役を演った森川信さん、あの人が出ておりましたね。森川さんの興行ってのは、いつもだいたい八割、……満員にはならない。八九《はっく》割なんですが、森川さんのほうが良かったですね。何とも言えない小味なんですが、結構なものでした。

そこへ行くとシミキンさんのほうは、うわぁっともう、盛り上がってお客さんが入るんですよね。だいたい、浅草なんてぇところは、ドンドンドンドン、入れちゃいますから。そうしますと、もう、二階から人が、こう、落ちてくるんですよ、下に（爆笑）。これは大袈裟じゃないんですよ。もう、後から後から人が入ってきますから。で、「落ちるぞ！　落ちるぞ」って云うと、下から、「落ちて来ーい」って云うんですね（爆笑）。……で、落ちて来ても怪我しない、そのくらい入ったんです。まぁー、凄かったですね。

で、芝居はというと、これはデタラメです（笑）。え〜、『シミキンの剣豪ダルタニアン』なんて今でも憶えておりますけれど……。だいたいあのぅ、主役っての は最初出《はなぁ》て来ないんですね。はじめはだいたい大して名の知られてない方が出て来て、で、そのセリフたるや、またそれが学芸会みたいなんですよ。

「ダルタニアンは、強い（笑）。強い者には、まともじゃ勝てない（笑）。あっ、幸いここに葡萄酒がある」

なんて、あのステージのところにこう小さなテーブルがありましてね。そこへ葡萄酒が置いてあるんですね。

「ここへ、毒薬を入れよう」

って云ってね（笑）。あれぇ、きっとね、後で聞いたらシミキンさんって方は、後日テレビで一緒にもなりましたが、頭痛持ちだったんですね。だから、おそらくノーシンか何かだと思うんですね（笑）。……そして、こう、袖を見る訳ですね。

「あっ、ダルタニアンが来た。見られては拙《まず》い。逃げよう。逃げよう」

んなこと云わなくたっていいんです（笑）、黙って行けば。ひとつひとつ説明するんですね。シミキンさんが出て来ます。これはね、当時、ジョニー・ワイズミュラーの『ターザン』が人気でしたから、ターザンみたいにロープでぱぁっと出て来るんですね。で、パッと着地して、そうすると、場内は騒然としちゃうんですよ。「金ちゃーん！」って、「ウォーッ」となる訳ですね。ずっと見渡してニヤッと笑って、

「うん、喉が渇いたな。おっ、幸い葡萄酒がある（笑）。飲もう」

って手をかけると、さぁー大変ですよ。もう、客席から、

「金ちゃん！　それ飲んじゃ死んじゃう」（爆笑）

中には、（舞台に）上がって来てね、葡萄酒を取り上げるんですよね（爆笑・拍手）。そうしますと、シミキンが悠然として、

「大丈夫、主役は死なない」（爆笑・拍手）

って胸を張るんです。……思えばバカバカしい芝居ですがね（笑）。ですから、やっぱりどうしても、まともなお芝居って云うと、歌舞伎でしたね。そりゃぁ、当時の歌舞伎は、あたくしが、そうですね、おぼろに十五世市村羽左衛門《うざえもん》という、この方は、まぁー、素晴らしい口跡の良い方で、今でも耳

に残ってますね。たまに、レコードかなんか残っているもので聴きますけれど、

まぁ、凄いです。橘屋と云うと、「大橘《おおたちばな》！」なんて、大向こうから声がかかり

ます。

で、それから戦後にも、（尾上）菊五郎、（中村）吉右衛門。え～、菊五郎丈な

んてのは六代目ですね。大変なものですよ。今、（月の家）圓鏡（後の八代目橘

家圓蔵）がね、（八代目桂）文楽師匠から頂いたのを持ってますがね、菊五郎丈

が、「文楽さん、あんたにあげるよ」って云って羽織に、「六代菊五郎」って書い

てあげたんですよね。これを、玉三郎が欲しがって、……あの、誰に聞いたんで

すかね？

「是非とも、一千万円で譲ってください」

したらぁ、その値段を聞いた途端に（笑）、圓鏡が惜しくなったんですね。

「おいおい、とんでもない」（爆笑）

で、もっと高くなると思って、今でも持ってますよ（笑）。

あの方は、サラッと演る芸でしたね。え～、吉右衛門という方は、寄席なん

かへ芸者衆何人か連れていらっしゃった。（ああ、あの方が、吉右衛門丈か……）

と、あたくし見ましたですが、そりゃぁ何とも云えない品の良いお爺さんで、え〜、背の小さい人でしたね。びっくりしました。舞台では凄く大きく見えるんですよ。で、セリフが何ともこう、あの、粘るんですね。で、音羽屋とは対照的に、ぐぅーっと粘るんです。『籠釣瓶花街酔醒《かごつるべさとのえいざめ》』なんて今でも憶えてますが、

「そりゃぁ、花ー魁ー、そぉでぇなかろうぅぅぜぇぇぇ」

なんて云って、ずーっと抑揚がね、凄く長いんですね。そういう様な……。ですから、どっちがどっちとも言えません、好みでしょうからね。ですけど、最初《はなぁ》やっぱり、歌舞伎を知らない人が観に行くと、たいていビックリしますよね。あの、表現がオーバーですから。今の普通の下北沢で演っているお芝居やなんかとは違いますから（笑）。で、振る舞いがきちっとしているんですよね、所作が。そりゃぁ、もう、さすが小さい時分から修業していますからね。で、セリフでも何でも粒は立ってますし、ちょいとしたことでも、

「何がぁ、はっ、なぁぁぁんとぉぉぉぉ」（笑）

なんて云うんです。あれ落語風に演りゃぁ、

「どうしたの？」

って、だけのもんなんですけどね（爆笑・拍手）。だから、お客様によく分かりますよね。そういうのを、まあ、あの、戦後に相次いでパタパタっと惜しくもお亡くなりになったんですけど、あたくしは、ああいう素晴らしい名優の方々を観た記憶があるというだけでも、たいへんに大事にしてます。宝物だと思ってます。

それからやっぱり、（市川）海老蔵（十一代目市川團十郎）、（松本）幸四郎（初代松本白鸚）、それから（二代目尾上）松緑と、これはあの、音羽系の三兄弟ですね。松緑さんは、「紀尾井町」なんていう声がかかりました。紀尾井町に住んでおりましたから。ニューオータニのこっちですね。ですから、あの長兄の海老蔵さんなんかは、素晴らしかったですね。口跡はあまり良くないんですけど、何とも云えない華がある。こう、ぱぁっとあの方が出て来ると、思わずウットリしてしまう。まあ、当時女性客が「海老様」なんと云って、もう、わんさと押しかけて、素晴らしい、まさに錦絵の様でしたね。

一本だけあの方が、映画に出ています。え〜、『江戸の夕映』という、これもやはり、瓦解していく旗本の役を演っているんですが、良かったですね。スッキリしていて。ちょいと刀を抱えて、反身《そりみ》になってるとこなんざぁ、まぁー、何とも云えない、ゾクッとするほど。男が見ても、ああなんですから、女性が観たら堪らないんでしょうね？

しかしまぁ、歌舞伎は伝承芸、伝統芸とはいえども、やはり、そこはそれ、皆創意工夫を、それぞれの方がおやりになっていらっしゃる。少ぉーしながら、違って来ておりますよね、時代と共に。

玉の井遊郭の思い出

一九九八年十二月二十二日　イイノホール
にっかん飛切落語会　年忘れすぺしゃる『紺屋高尾』のまくら

毎回のお運びでありがたくお礼を申し上げます。

昭和三十三年という年は、わたしどもにとっては忘れられない年でありまして、これは例の売春禁止法というあの法律で、赤線というものが無くなっちまったんですね。もう、廓《くるわ》なんていう言葉は死語になって、赤線なんて云ってましたがね。新宿の今の歌舞伎町の区役所通り、あそこあたりから神社までは、もう寂しいとこで、あそこらは「青線」なんていうことを云っておりましたが。

わたくしは生まれたのが浅草だったものですから、ちょいと六区まで歩いて十五分くらいで行かれるんですが、おふくろが何時も、電車に乗って、当時は市電でしたね、後の都電。「市電に乗って雷門まで行って、それから仲見世を突っ切って六区へ行きなさい」と、（どうして歩いて行っちゃいけないのかな？）と思っていた。つまり吉原というところを見せたくなかったんですね。まあ、それがために「電車に乗って行け」なんて云ってた。

でまぁ、あたしゃぁ吉原っていう場所は、……あるということは知ってましたが、行かなかった——というのは、その吉原で廓を経営してた人の何軒かが、あたしの寺の檀家《とこ》だったもんですから（笑）、行くとバレちゃうんですね（笑）。十九歳ぐらいまで、あたくしは、持ち前の潔癖性というんでしょうか（笑）、……行かなかったですね。だから友達が、

「おまえ変なんじゃねぇか？」

まあ、だいたい、あの当時は十六ぐらいになると、

「おうっ、行こうよ、遊びに」

って、「遊びに」ってのは、映画なんか観に行くんじゃありませんね。「遊び」ときたら、もう「吉原」なんで。年上の者がたいてい連れていってくれたもんです。ですけど、わたくしは「どうもあそこは、具合が悪い」っていうんで、まあ、もっぱら玉の井にしたんですが（爆笑）。

でも、玉の井で降りて、ちょいと線路沿いに歩いて、すぐもう遊郭になっちゃう訳です。あそこは行くと目的が知れちゃうもんですから、それが嫌でもっぱら

鐘ヶ淵で降りまして（笑）、一つ先ですね。で、鐘ヶ淵で降りて、ちょっと玉の井のほうへ戻りますと踏切があって、その踏切の脇に約二メートルくらいの路地があって、そこをずーっと真っ直《まっつ》ぐ行きますと、二百メートルほど行って、玉の井の遊郭になる訳なんですね。

で、住吉というところ……、そこへフッと行きましたら、何ですか、もう相当なお爺さんですね。籐で編んだ手提げと、それから傘を持ってる。（……あれぇ？　どっかで見たことがあるな、この方は）と思って、ひょっと見たら永井荷風という人なんですね。うーん、あたしゃぁ、あの人の作品が好きだったもんですから、（ほう、この方が……）って見ておりましたら、その住吉の……あの頃、三十ぐらいの女《ひと》でしょうかね、もう少し若かったかも知れませんが、何しろ、そういう方とトントントンと階段を上がっていっちゃうんですね。

そして直《じき》に下りて来ました。で、

「またオジサン、いらっしゃいね」

なんて肩ポーンと叩いて出て行く。あたくしは、（荷風という人は、どういう遊びをするんだろう）と思って、その荷風さんが上がった女の人の部屋に行った

んですね。で、

「ああいうお年寄りが、何だかいやに早く下りて来たけれど、何なの？」

って言ったら、

「『時間』で上がったのよ」

当時は、「ちょいの間」と「時間」と「泊《とまり》」ってのがありましたよね。ちょいの間ってのが、だいたい二百円。で、時間が、時間ってたって、あそこの時間は四十五分。そして、泊が、……時間が三百円、泊が千円ぐらいでしたね。もう、千円も出したら、大変なもんです。そんな時分ですが。

で、あたくしもとりあえず、三百円出して、で、時間でと云うんで上がって、

「あの方、あんた知ってんの？」

って訊いたら、

「知らない。……変なオジサンなのよ。ちょいちょい来んのよ」

「来て何すんの？」

ったら、

「何すんのってね。こういうところに来る人は、皆、することは決まってんだけ

ど、でもあの人はね、ヘンなことしないのよ」

ってね。

「じゃあ、何なの？」

って云ったら、いつもなんかメモ用紙みたいのを出しましてね。で、

「君はどうして、こういうところに居るの？」（笑）

なんてぇ、訊くんですって。とねぇ、彼女に訊きましたら、だいたいもう、あ

あいうところに居る方ってのは、三通《みとお》りぐらいの身の上話を持ってるんですって

ね（笑）。先ず第一が、戦争中に昭和十九年頃ですよね、空襲が激化してきた時

分に疎開して、で、戻ってきたら、もう東京の両親は空襲で死んじゃっている。

で、田舎の親戚も親あればこそで、親がいなくなりゃ、もう見向きもしない。し

たがって、ここへ身を売ったんだと云うのが一つ（笑）。それからもう一つは、

お父さんが急に中気《ちゅうき》で倒れて、っていろいろと、薬代や入院費がかかるんで、こ

の……身を売ったという人。これは二つ目（笑）。で、三番目が、弟を何とかし

て、大学へだしてやりたい。であたしがここへ来た。……と、この三通りを持っ

ている。で、その三通りを喋りますとね、それをいちいちいちいちメモしてね

（笑）。それで、「どうもありがとう」って出て行っちゃうて云うんですよ。「それだけだ」って云うんですね。もう一指だに触れないと……。（はぁ、そうだろうなぁ）って思ってましてね。

してみると、『濹東綺譚』やなんかも、（あれ大分、嘘が多いな）と（笑）、いう様な気がしましてね。え〜、そういうもんなんですね。う〜んまぁ、嘘と知りつつ永井荷風氏ぐらいになると、一応メモして、そんなのを参考にして、いろいろとあちらこちら上がって、調べたのかも知れません。

それで、わたくしも上がっちゃって、で、上がったからには、つい、裏を返して、馴染みとなって、始終行っておりますうちに、もう、他の店で遊べなくなっちゃう。そういうもんなんですね、ああいうところに行きますと。他の店へ行きますと、分かっちゃうんですよ。昼間休みとか、みんな彼女たちは銭湯へ行く訳ですね。で、「昨日こういう客が来た」、「こうだ」、「ああだ」って情報交換をする訳です（笑）。当時、痩せこけて、わたくしは背は一メートル七十八あるんですが、体重が五十三キロで、痩せっぽちでしたから。ですから、テレビの番組で三助になって一言云おうなんて、初期の頃ですが、嫌でしたねぇ、裸になるのが。肋《あばら》が、もう、透けて見えるんですから。透けて見えるどころじゃありませんし、肋が剝き出しているんですから。（ああ、嫌だな）と思って、ひょいと脇を見たら、（桂）歌丸はもっと酷い（爆笑）。彼から見れば、あたしはヘラクレスみたいなもんです（爆笑・拍手）。それで安心したことがありますがね。まぁ、何れにしましても、そういうのが、一応、和服で角帯締めてるって、もう、昭和三十年代になって、和服で角帯締めて雪駄でなんていうのは、もう噺家以外に何者でもないですから、分かるんですね。ところが、（三遊亭）朝之助ってのが、

「俺は玉の井は行ったことがないから、連れて行けよ」

「じゃぁ、行こう」

ってんで、行きまして。で、玉の井の駅に着いたら、

「おい、玉の井だよ。降りよう、降りよう」

って云うから、降りちゃったんですね。あたしは、もう、そっちから、玉の井側から行ったことがないんですが。で、「抜けられます」なんてところを入った途端に、右側の所謂女郎が、朝之助の袂《たもと》を持ってグッと引っぱっちゃったんですね。それで奴がトントンと上がっちゃったから、しょうがないからあたしが後見

役でついて行ったんです（笑）。上がってったら、六畳ぐらいの間ですね。で、だいたい二尺ぐらいの低い枕屏風みたいのを真ん中で仕切りまして、で、布団が二組。六畳の部屋ですよ（笑）。そこへ二組敷いて、で、二人の女郎が来て、で、そこで、

「終わったか？」（笑）

「うん、終わったよ」（笑）

なんて云うと、（お金を）払って出る訳ですね。そんなことがあってから二、三日経って、また、わたくしは住吉に行ったんですね。……そうしたら、ひっぱたかれましてね（笑）。馴染みの相方に、パカーンってやられて、

「何すんだい？」

って言ったら、

「何すんじゃないんだよ。他のシマならとにかくね、『吉原』や『鳩の街』ならいざ知らず、この『玉の井』に来たら、あたしが女房なんですからね！　他行ったら、酷いわよ！」

なんつってね。キューッと抓《つね》られたりなんかしてね（笑）。うーん、……と、

あれがイイ気分なんですよね（爆笑）。（ああ、そこまで親身になってくれてるのか……）ってね（笑）。都々逸の文句にありますね。

「痣のつくほど抓っておくれ　それを惚気《のろけ》の種にする」

「痣のつくほど抓ってみたが　色が黒くて分からねえ」（爆笑）

で、彼女がまた立場が面白くてね。売春禁止法反対委員長をやってまして（爆笑）、立派な人物でしたよ。男にしたかったですね。「こういうのは、なきゃいけない」、「こういうとこが無くなったら、犯罪やその他ね、女性の貞操感が薄くなる」って云ってましたがね。それは、事実ですね。今を見れば分かりますよね。デートクラブなんて幾らでもある。浜の真砂《まさご》と、ああいうところは、やはりなきゃいけないんでしょうね。ないとね、廓噺が出来なくなっちゃう（笑）。やっぱりあれは、必要悪なんでしょうね。

オランダとドイツに行きましたときに、「飾り窓」ってのがありました。さすがにあれだけは入れませんでしたね。だって通りのところに、もう直ぐ居るんですからね。で、お客が入ると、さぁっとカーテン閉めて、もう、その場ですから。あたしゃぁ、あの、ドイツでどれほど、あの、それがしかも駅前ですよ（笑）。グルグルグルグル何度、まわったか（爆笑）。どうしても入る勇気がなかったですね。あれだけは、うーん。で、ああいう人たちは、何か他《よそ》の国から来るらしいんですね。で、部屋代を払うと、そのまんまそこで商売が出来るんだそうです。だからその、中間の搾取なんて無い訳ですね。だから、それが向こうの良いところなんでしょうが……。

で、あの、日本の変な連中がバカな言葉を教えるから、……日本語のいかがわしい言葉を云うんですよ、彼女たちがね。日本人と見ると。尚更嫌でしたね。とうとう、向こうでは遊ばず仕舞いでした。

とにかく、あたしが行ってた住吉の相方というのは、もう、これは、もう、本当に……。

「こういうところに来てね。これから出世前のあなたがね、病気になっちゃいけない」

って云うんで、もう、完全にすべて鎧兜を着けてくれました（笑）。あのへんが今思うと、（ああ、あの人は立派だな）っと思いますね。ですから、あたくしは、病気を背負ったことがありません。きちっと防御してくれましたから。だから、非常にああいうところの人を、あたくしはね、尊敬していますね（笑）。だから、男なんて妙なもんで、ああいうところに遊びに行って、それで防備もなしに、何か病気を背負ったりすると、（ああ、あんなとこは嫌だ）っとなる人と、あたくしみたいに、向こうがすべてを個人レッスンで、しかも、痒いところまで見てくれますから、で、若いから、どうしたって、早くことを済まそうと、うーん、「済まそう」って、「済んじゃう」訳ですね（笑）。そうすると、

「あんた、噺家なんでしょ？」

「そうそう」

「だったらね、なるべく畳へこう手をついて」

女郎屋の畳ってのは、冷たいんですよ。干さないから湿気てましてね。キノコが生えてくるんじゃないかと思うぐらい（笑）。それで、

「落語の稽古しなさい」（笑）

って云うんですね。で、気をそっちのほうへ持って行きなさい。そうすると、ちゃんと時間通りに出来ますからってね（笑）。親切に教えてくれましたね（爆笑）。今思えば、懐かしいです。もう、四十年以上も前の話ですが。

ですけど、荷風さんなんか気の毒ですね。あれが昭和三十三年の三月で終わる。翌年に荷風さん自身はあの世に行っちゃいましたもんね。だから、余程、あの人の寿命、あの法律によって縮めちゃったんでしょうね（笑）。あれがあれば、もっとあの人は長生きしたはずですよ。

で、何とあとで分かったんですが、新聞であたくし読んでビックリしましたが、あのバスケットみたいな、あの手提げの中に、当時で三千万円入っていたって云うんですからね。凄い額ですよ。都内の一軒家が百万円くらいで買えた時分の三千万ですから、凄い額ですね。それを遺して亡くなってしまったんですが、あれがもっともっと今でもあれば、使い果たして大往生を遂げたんでしょうが。

まあ、何にしましても、遊びというものは、これはもう、男にとっちゃ欠かすことの出来ないもんなんですが。でも中には、やっぱり昔でも、（そういうところは、嫌だ）って人が随分いたんですね。

デパートの女性下着売り場にて

一九九九年五月二十一日　イイノホール
にっかん飛切落語会　第二六三夜『小間物屋政談』のまくら

ようこそいっぱいのお運びで、お礼を申し上げます。

（林家）たい平さんが賞（平成十年度にっかん飛切落語会 奨励賞）をもらって、たいへんにめでたい。え〜、いいことですね、こう、めでたいというのは。もう、近頃なんですか、下手な将棋さしみたいで、「歩香（不況）、歩香」の声ばかりで（笑）、もうぉ、嫌《や》んなるですが。

しかし何にいたしましても、このぅ、う〜ん、いろんな商売があります。ですが、わたしはデパートというものは、これは千古不滅じゃないかしらと思ってましたら、そうじゃないんですね。あのう、わたくしは、だいぶこのところ何年か前からか、歯医者へ、日本橋のデパートの四階にあります歯科医へ通ってたんですが、そこはワンフロア、残らず紳士服なんですよね。で、端っこにちっぽけな歯医者があるんです。ところが、そこはエレベーターを降りて、ずぅーっと洋服売り場を突っ切るんですがね。あたくしゃぁ、その歯医者へ五年ぐらい通いましたかね……、勿論週に一回ぐらいですが、その五年間にお客さん、見たことがないんです（笑）。

たまに挨拶されるんです。ひょいと見ると、店員さんなんですね。で、そのデパートでいくらか人が来てるなと思うのは、地下の食品売り場だけ。ですから、……潰れましたですがね（爆笑）。え～、歯科も移りまして、ああなっちゃう訳ですね。怖いもんだなっと思いますね。

でも、デパートで以前には、女性の下着売り場かなんかで、店員さんと客とのやり取りを聞いてまして、面白いですね。え～、バーゲンセールでした。女性の下着専門でね。

「（男性客）店員さん、このパンティー幾ら？」

「（女性店員）千円なんです」

「（男性客）ブラジャーは？」

「（女性店員）千円なんです」

「（男性客）へぇー、残らず千円？」

「(女性店員) そうなんです、千円均一なんです。バーゲンで安くなってますから、どうぞ買ってください」(笑)

「(男性客) ええー、だけどちょっと、負けてくんないかなぁ? 俺ねぇ、このパンティーとブラジャーと両方買うからよ、ちょっと負けてよ」

「(女性店員) デパート、負けられないんです。だって、これ、安くしてあるんですから」

「(男性客) だから、それなんだよ。分かってるよ。分かってるけど、ちょっと気分のもんだから負けなって云うんだよ。そうすりゃ、俺、両方買うからよ」

「(女性店員) ……いいえ、負けられないんです」

押し問答していると、そこへ三十七、八の、まぁまぁ相当な経験のある店員さんが、

「(ベテラン店員) ちょっとアンタ、どいてらっしゃい。……お客様、いらっしゃいませ。何でしょう?」

「(男性客) あっ、ねえさん、アンタなら分かりそうだよ。うん、この人、分かんねぇんだよ。俺ね、バーゲンセールで、千円均一、そんなことは知ってるよ。

だけど、パンティーとブラジャーと両方買うからさ、ちょっと負けてくれって云ってんだよ。ねえさん、負けてよ」

「(ベテラン店員) あぁー、そうですか、ええ、ええ、いいですよ。負けますよ。……じゃぁ、パンティー五百円にします」

「(男性客) ほうら、(手を打つ) だから何でも物事は相談だよ。訊いてみなくちゃ分からねぇもんだ。で、ブラジャーは?」

「(ベテラン店員) 千五百円です」(爆笑)

「(男性客) 安いね」

って云って、買ってっちゃったんですね (爆笑・拍手)。そしたら、若い店員さんが、

「(若い店員) ねえさん、あの人、馬鹿じゃない?」

「(ベテラン店員) 何が?」

「(若い店員) 何がってさぁー。あたし、ねえさんがパンティーを五百円で売ったときドキッとしたわよ。自腹を切るのかと思ったもの。そうしたら、ねえさん、商売上手いわね? パンティーは五百円だけど、ブラジャーは千五百円。足

せば二千円でさぁ、千円均一と同じじゃない」

「(ベテラン店員) 同じでもね、ちょっとしたモノの云い様で相手の気持ちが違うのよ」

「(若い店員) 何で?」

「(ベテラン店員) だって相手は、男でしょ? パンティー下げて、ブラジャー上げれば、買うわよ」(爆笑・拍手)

なんて云われちゃった。まぁ、何事も商売と云うのは、大変なもので……。

江戸の悪人　辞世の句

二〇〇二年九月二十六日　イイノホール
にっかん飛切落語会　第二八三夜『双蝶々』のまくら

お運びでありがたくお礼申し上げます。

「暑さ寒さも彼岸まで」

って、巧い文句ですね。これ以上の名文句はありませんね。ちょうど今日あたりは、何ともいい心持ちで、夏の着物を着てまいりました。

え～、もうこの頃は、こういう残らずの会館が、「冬は冷房、夏は暖房」（笑）、というのが昔ありました人形町・末廣（笑）。あそこは、凄かったです。ところが、今は、会館がちょっと寒くなりますと暖房します。「暑いな」と思うと、冷房をする。ですから、普通はだいたい気温が二十二度ぐらいですから、まあ、どんな場合でも夏物で通していいぐらいですね。これが袷《あわせ》なんか着ると暑くてしょうがない。

まあ、いずれにしましても泥棒の元祖みたいな石川五右衛門なんていう人は、

「浜の真砂《まさご》は尽きるとも世に盗人の種は尽きまじ」
なんてやってますが……、あの頃の人というのは、実に穿《うが》ったことを云った
り、あるいは、後《のち》を暗示したりなんかする歌を作ってます。
江戸時代ですが、鬼薊《おにあざみ》の清吉という、この人は大変に頭が良かったそうで、だ
いたい悪い道にすすむ奴は、与太郎じゃないんですね。奉公しました先で、番
頭さんが、
「清吉、ここに掛軸《かけじ》が掛っている、鍾馗様の。で、前に鬼薊の花が活けてある。
これでお前、三十一文字《みそひと》をやってくんないか？」
って云ったら、「はい」。で、即座に、
「おのれやれ　花なればこそ活けておく　鍾馗の前に鬼薊とは」
とやった。
「いやぁ〜、お前は実に利発だね」
と云いましたが、「こういう子は得てして曲がると大変なことになる」って云っ
たら、思惑通り曲がったんですよね。もう、江戸中を荒らしまわって、鬼薊の
清吉。やはり、天網恢恢疎《てんもうかいかいそ》にして漏らさずで、やがて、千住の小塚原《こづかっぱら》で、処刑を

されましたが、このときがちょうど真夏のじりじりするような暑さだったそうで……。

「武蔵野に名も蔓《はび》こるほどの鬼薊　今日の暑さに枝葉しをる」

辞世を詠んで処刑された。このちょっと後に（世に）出ました石屋の亀五郎。この人は、石屋らしく堅ぁく、十両きっちり盗んだんですね。九両三分二朱までは、（命が）助かったんですが、十両盗んだから小塚原で処刑された。この亀ちゃんも（笑）、先輩の鬼薊に負けず辞世を詠みました。

「万年も生きよと思う亀五郎　たった十両で首がスッポン」（笑）

思い出ぼろぼろ

二〇〇七年十二月二十日　イイノホール
にっかん飛切落語会　さよならイイノホールすぺしゃる公演　第二夜
にっかん飛切落語会最後のトーク

お運びでお礼を申し上げます。

東京が京都から遷都されまして、で、東《ひがし》の京となったんですが、さあ、そうなりますと日本全国からやっぱり、大勢の人が、東京を目指してやってくるんですね。

で、その頃になると、三遊亭圓朝（初代）が自作のいろんな噺を演りました。それが、非常にウケたんですね。ところが明治二十年、もう、二十年頃になりますと、……戦後もそうです。十年経って、昭和三十年になると、

「戦争は終わった」

なんて云って、新たな……いろんな文化やなんかが発達する。同じようなもので、……それ以前の落語ファンは、最初は圓朝の噺を、人情噺を聴いていたん

ですが、段々段々、……（落語の芸風が）くだらなくなりましてね。変な芸がウケるようになっちゃうんですよ。ステテコの圓遊をはじめ、釜掘りの談志、それからへらへらの萬橘《まんきつ》、ラッパの圓太郎。何を演ったかと云うと、

「へらへらへったら、へらへらへ、大根《だいこ》が煮えたら柔らかい」

って、当たり前《めえ》じゃないか（笑）。そんなことを云って、そんなのを「ヨウヨウ」って笑うんですね、結構。そういうお客ばっかりになっちゃうんですよ。ラッパの圓太郎なんて凄いものですね、……満員のお客ですよ。ですから、お客の来ない寄席では演らないでしょうが、……また、彼らが出演《で》ると、お客が来るんですよ。それで、これは当時、チンチン電車と云っておりました市電がですね、まだチンチンって警鐘がありませんで、プププーとラッパを吹くんですね。で、

「お婆ちゃん、危ないよ、危ないよ」

ってラッパを吹きながら、人をかき分けて路面電車が通るんです。だから、ラッパを圓太郎《やっこ》さん持って、

「プププー！　お婆ちゃん、邪魔だ、邪魔だ。どいて、どいて」

なんて演ると、わぁーっと客が来た。バカバカしいですよね（笑）？　だから、圓太郎は楽屋から出て行って、「ブッププー」ってね、それで客席を通って、そのまんま次の寄席へかけ持ちをしちゃった（爆笑）。……そういうバカなことを、それを手を叩いて「粋だ、粋だ」なんと云ってね。……面白がっちゃう。

さあ、そうなると圓朝も演り難くてしょうがない。明治二十四年頃に、門人を集めて、「あたしはもう、噺は辞めますよ」と云うと、その頃の圓朝のお弟子の中の一人が、

「師匠、実はね、この節、どうしようもない客層が増えちゃった。そういう変な芸に皆浮かれちゃってね。これじゃ、落語界が駄目になっちゃいます」

と、名人と言われたもう一人の弟子が、

「そうです。酷いもんです」

と、圓朝は、

「……そうかぁ……、わたしはとにかく寄席には出ないことにするから、まあ、お前さん方、まあまあ、（寄席に）お出なさいよ」

そうすると、弟子たちも、

「いやぁ、そうは云ったって、師匠が出ないのに、あたしたちが」

「いや、そんなこと云わずに出なさいよ」

って、説得して、圓朝一門は寄席に出演《で》たんですね。

ところが明治三十八年、日露戦争に日本が勝って浮かれているときに、ステテコの圓遊系の小圓遊と名乗る者がもの凄く売れたそうですよ。いろんなね、圓遊系統が。これじゃ、落語は何だか訳が分からなくなっちゃうと云うので、今村さんという方が、「ちゃんとした会をつくろうじゃないか」というので、『落語研究会』という会を立ち上げて、そこへ厳選したメンバーしか出演しないとした。三遊派から六人、柳派から一人が出て七人で演りました。

三遊派から一人だけ、圓朝の直接の弟子じゃない孫弟子が出演《で》たんですね。これは四代目の圓生が早く死んじゃったものですから、この弟子の圓蔵（四代目）で、十八年しか噺家を演ってないんですが、「キャリアの割には、良い芸だ」と云うので出たんですね。この人のことをね、芥川龍之介が誉めてますよ。

「まあ、彼の『弥次郎』（嘘をつく噺ですね）を聴いたら、端《はな》から終いまで抱腹絶倒だ。あんな物凄い噺は、あたしゃ、はじめて聴いた」

って、あの皮肉屋の芥川が書いているんですから、相当な芸人ですね。だから大正時代になりますと、この品川の圓蔵はたいへんな看板になっちゃって、落語界では非常に高い地位になっちゃったんですね。ところが、大正の関東大震災でしょうかね、大正十二年頃かと思いますが、そこらあたりで、（落語研究会が）絶えているんですよ。

その頃、「良いのが出てこない」って云ってたときに、あたしの師匠の圓生（当時六代目橘家圓蔵）とか、それから彦六で亡くなりました正蔵師匠とか、それから文楽（八代目桂文楽）、（三代目三遊亭）金馬、それからちょっと古いところで四代目の柳家小さん、それから五代目の圓生、と云うところが主になって演りましてね。これは非常に本格的な古典落語に力を入れたそうですね。あたしのほうの師匠なんかも、「自分は落語研究会で育った芸人なんだ。そんじょそこらじゃないんだ」って云う気迫を見せたんですね。

ところが当時のお客は皮肉ですね。いろんな芸の評でもね、「魚屋評」なんて、魚に（落語家を）見立てた評論なんかやってますよ。

例えば、桂文治、……文治ったって、昭和三十年に亡くなった文治（八代目）

さんですよ。この人の評は、

「桂文治、この人は、腐っても鯛である」

なんて書いてあったりね（笑）。それから、亡くなったあの禿げていた金馬さん、あの人のことを、これは、うーん、「鰯」だと、つまり、

「大衆が最も好む魚」

鰯だと評したんですね。あたしの師匠になりますとね（笑）、まだ圓生になってません。圓蔵ですがね、……清流に蠢《うごめ》いている魚がいるでしょ？「鮎だ」と、……「いいな」って思うでしょ？ところが、

「姿形は良いけれど、中身は何だか？」（爆笑）

あんまり、良い評じゃないんですよ。まあ、そのような評がありましたけれど、それでも夢中になって演ったそうです。

それがやがて昭和十三年になりますと、（初代柳家）三語楼は死んじまう。誰それが死んでしまうと、居なくなっちゃって、それで戦争もはじまっちゃって、落語が出来なくなって、第二次落語研究会もそれで終わって（昭和十九年）、で、第三次落語研究会は戦後ですね。戦後にちょっと出来たんですけど、それ

が、もう、その頃は落語協会、芸術協会一緒ですから、一緒に出ちゃう。何でも、「あそこに出演しなくちゃ大物じゃないと云われるから」と皆が出ちゃうから、直ぐに没落しちゃいましてね。これは駄目だった。誰でも出演《だ》しちゃ駄目なんです。落語ばかりはね、あの「サービスするんだ」は、やめてください。サービスしなきゃ駄目なんです。サービスしなきゃ、駄目なものになっちゃう。したがって、酷いのが出ました。いやいや、……名前はあんまり申し上げたくないですが（笑）、いろいろ影響がありますから（笑）。まあ、言いませんが、で、「これじゃあ、駄目だ」と、とすると、その今村信雄さんというお爺ちゃんが、そのおとっつぁんが明治の時代の研究会の立役者ですね。この方が、「あたしがやろう」って、今村信雄さん。その方がやってくれまして、最初、神田須田町の立花でやっていた。後に、東京（有楽町）ビデオ・ホールに移りまして、そのときに前座をやりましたのが、あたしと、それからもう亡くなった（七代目春風亭）柳橋と二人。前座は、お茶出しをするのが大変な栄光なんですよね。「感謝しなさい」なんてね、師匠にね、

「なんでお前が選ばれたか知らないけれど、一所懸命（お茶を）出しなさい」

と云うのは、お茶なんか出すのは、一度出して、終わったらもう一度「ご苦労さん」って出せばいいんです。あとは、（噺を）聴いていられるんですよ、（高座の）袖で。これが勉強になりましたね。

普段たいそう景気の良いあの（三代目春風亭）柳好師匠なんて、『野ざらし』を演ったら堪らない、あの人なんかが、ビデオ・ホールで『野ざらし』演ったらまるで駄目。お客は笑わない。そうしたら、もう二度と出演《で》なくなりましたがね。ですから、（その厳しい雰囲気が）非常に良かったんですが、これも、あれ何でやめたんですかね？　昭和三十三年、この時にわたしが二つ目になりまして、もう、前座で高座に出ましたが、それが第四次落語研究会の最後でした。

それが終わってからわたしは、いつかなんか折りがあったら、機会があったらと思っておりましたら、いい塩梅に、日刊スポーツの堀井さんという、その頃、日刊企画の部長だった人なんですがね。その方が、堀井さんが見えましてね、「何とかして、落語会をやりたい」と云うから、あたしは云ったんです。

「堀井さんねぇ、これはちょっと、これは運営苦《きつく》なるかも知れませんが、若手を主体に出してください。大物をざっと出すんだったら、これはもう、『東横落語会』や『三越落語会』に行けばいい。若手を、次代を背負う人間をここへ出してください。まあ、最初は若手ばっかりが高座に並んだんじゃ、お客さんは来ませんから、したがってそこへ気軽に大物も入れますから」

と云うようなことを提案しまして、で、

「でも、赤字はいけません。赤字になったら必ず駄目になっちゃうんです。何の商売でも（笑）。駄目になっちゃいますから、何が何でも黒字にしなきゃ駄目です」（笑）

ところがね、第一回目。ここ（旧イイノホール）七百入るんですが、ざっと上三段ぐらいは空いてましたね。後ろ三段ぐらいは、だぁーっと空席。あと二百、何とかして売りたいなぁって思ってね。ところが、段々段々、増えてきましてね。今から、もう二年前、ほぼ三年になりますが、いわゆる戦後世代が六十代になってから、ウワッと来るようになってくださいまして、今日なんか、「にっかん飛切落語会」大入り満員で（笑）、（満員御礼の大入り袋を見せながら）満員たって、中はこれだけですよ（爆笑）。でもこれは縁起ものですから、大入りが出るようになりました。

ところがこの会館も古くなったから、これを何か改装し直すんだそうですよ。で、それでいきゃ、なくなっちゃうから仕方がないんですけど、これだけね、来てくださるようになったんですから、何とかして、……と云うので、来年の四月から「明治記念館」か、さもなきゃ「有楽町マリオン」か、そうでなければ「浜離宮」で、この会をやります、「にっかん飛切落語会」を。

そして今度はね、ここへ出て賞をとった人が居ますね、あの賞をとった人が、だっと出演します。もう、真打に皆なってますよ。彼らの受賞も一番古いのは、もう四十年以上になりますね。そういうのが、出て参ります。

そういうような訳で、どうか一つ、このちゃんとした噺家が育つも育たないも、それでだからあたしは、なるべく選者……、この賞を選ぶ選者ですね、選者には、ちゃんと聴功者《ききごうしゃ》を揃えてくれと云いました。あたしのマネージャーの藤野さんというのが社長ですが、これは星企画の社長を今やっておりますが、これが万事その手配をしてくれましてね。で、良いメンバー、本当に聴功者を、皆ここへざっと並べてくれました。来てくださいました人たちが選んだ賞ですから、だから今回もあんまり良い、大賞が無いですよ（笑）。一つだけ、わたしの孫弟子が賞をとりましたが、そういう訳で何でもかんでもあるものは、ドンドンやっちゃ駄目なんです。

直木賞でも、芥川賞でも、そうですよね。昔は、直木賞の作家のほうが、伸びたんですよ、あとにね。ほら、司馬遼太郎だって、直木賞でしょ？　ところが芥川賞は、伸びないですね（笑）。なんか、ちょっと小難しいことばかり書いてある（笑）。それで、あの近頃のあの何か芥川賞獲った人のを見ると、なんてこんなバカげた（笑）、あんなものよく読みますね（爆笑）？　そういう気がしますよ。だから、あれは選者もおかしい。あれじゃダメなんです。あれじゃ……。

この落語界だけはピシッとしたあっぱれな噺家をね、育てていただく様な会で、この「にっかん飛切落語会」というのを作った訳ですから……。どうか一つ末永く、彼らをご贔屓お引き立てをお願いして、わたしは終わりたいと思います。

動じない人　～「あとがき」にかえて～

六代目 三遊亭円楽

ウチの師匠は、動じない人でしたね。

失敗しても動じないし、成功しても動じない。色紙にも書いていました。※1「失意泰然　得意平然」。平気な顔してろ、動じるんじゃない。だから、このまくら集の中にありますけれど、落語協会分裂騒動なんかの直後では、高座で触れてないですね。

（この高座は、そんなことを聴きに来ているんじゃないんだ）

と、考えていたのだと思います。そこが、談志師匠と違うところですよ。談志師匠だったらね。

「小さんがバカでね。……圓生さんは芸はあるんですよ。だけど、人格がねぇ……。志ん朝が裏切りやがったんだ、本当は」

とかね、絶対に云う筈ですね。

高座では、分裂騒動なんかは話題にしていませんでしたが、ウチの師匠は放送局や新聞社とかの知っている仲間（記者）に頼まれると、丁寧に説明していました。

つまりね、ウチの師匠に云わせれば、

「高座は落語を演る場所であって、落語界の騒動を聴かせる場所じゃないんだ」

そういう芸の本質に対しては、お武家さん然としてましたね、武士、サムライですよ。

ところが、死生観と云う部分では、我々で言うところの大束《おおたば》。凄いですよ。直情ですからね。直情傾向ですから、ダメとなったら、もうどうしようもない。すぐに怒りだすと云うより、偏頭痛持ちだったというところもありますが……。

あるときね、倉吉《くらよし》にいったんですよ、鳥取の。で、出てってね、よせばいいのに、

「あたしは、ヒトヨシってところは、何度来ても良いところと思います。これで、三回目ぐらいですかね、ヒトヨシというところは」

って云ったら、お客さんが、

「倉吉だぁ！」

その途端に、

「何処だって、いい！　来てやったんだぁ！　黙って聴け」

そこから『芝浜』をみっちり。凄いなぁ……。つまり、人に否定されるのが嫌なの。だから『笑点』を降板しちゃうのも、（六代目三遊亭）圓生師匠に、「芸が荒れる」と否定されたからですよ。

そういう意味では、ウチの師匠の生き様ってのは、乱暴だった。波瀾万丈、だけど、律儀の一本道を歩いてましたからね。ところどころ破綻をしているところもあるけれども、わたしから見れば、「策なき策士」でしょうね。まっすぐ行っちゃうんですもん。そこで、突き当たって考える。すると、

「この間、云ったのと、違いますね」

って云うことになる。

「あたしは、日々進化するんだ」

って、云ってました。

「だからあたしが政治家になったら、大変だよ。毎日云うことが違う」

って、ガハハ……と、大笑い。

このまくら集の元になった「にっかん飛切落語会」に関して、説明しておきます。

日刊スポーツ新聞社の企画部の方と、ウチの師匠のマネージャーさんが仕事を

してご縁があった。ホール落語がいっぱいあった時代です。だけど、若手登用がありませんでした。そこで、ウチの師匠が、若手の登竜門を作ってくれ。寄席だって、二つ目の出番が無くなっちゃった。だから、是非そういう会を企画して、審査員を募って、賞を設けてくれ。それで、隔月ではじまったんですよ。
その頃のわたしは、二つ目ではなくて前座でした。初出がわたしなんですよ。第一回目の「にっかん飛切落語会」の開口一番で、出演したわけです。だから、わたしにとっても思い出がある会で、二つ目になったら、小朝とぜん馬とわたしやなんかで出してもらいました。また、「にっかん飛切落語会」で、二つ目昇進のときに昇進の口上も演りました。二つ目で口上を演ったのは、落語界でわたしたちがはじめてなんです。それほど縁の深くて、わたしの噺家人生の中でも、意味と意義のある落語会でした。

〈注釈〉
※1……一般的には、「失意泰然　得意淡然」です。五代目三遊亭圓楽師匠は、色紙に、「失意泰然　得意平然」と書かれていましたので、こちらで表記しました。

五代目 三遊亭圓楽 特選飛切まくら集

2018年7月5日　初版第一刷発行

著 ……… 五代目 三遊亭圓楽

編集人 …… 加藤威史

構　成 …… 十郎ザエモン
協　力 …… 日刊スポーツ新聞社（「にっかん飛切落語会」）
写真提供 … 日刊スポーツ新聞社
装　丁 …… ニシヤマツヨシ

発行人 …… 後藤明信
発行所 …… 株式会社竹書房
〒102-0072 東京都千代田区飯田橋２-７-３
電話 03-3264-1576（代表）03-3234-6381（編集）
http://www.takeshobo.co.jp

印刷・製本 …… 凸版印刷株式会社

ISBN 978-4-8019-1513-8 C0176
Printed in JAPAN